Ein Geschenk für Euch als Dankeschön

Die kostenlose Kurzgeschichte erhaltet ihr hier:

nestork

Der Junge, der die Bücher schrieb
Im Namen von Paternoster

Nestor T. Kolee

1. Auflage 2023

Cover: Giovanni Misagrande
Druck: Amazon Media EU S.à r.l., 5 Rue Plaetis, L-2338, Luxembourg
Lektorat: finetexts, Corina Retzlaff

ISBN: 9798377418054

www.nestorkolee.com

Meiner Familie und meinen Freunden
In Liebe und Verbundenheit

Die Handlung und die Figuren dieser Geschichte sind frei erfunden. Etwaige Übereinstimmungen oder Ähnlichkeiten mit tatsächlichen Begebenheiten sowie mit lebenden oder verstorbenen Personen sind rein zufällig und nicht beabsichtigt.

Prolog

Der kleine Küstenstreifen wurde einst von fremden Seefahrern entdeckt, als diese vor vielen, vielen Jahren an ihm gestrandet waren. Es heißt, ihre Seelen leben noch heute dort. Sie seien wie der Wind und das Wasser, der Sand und die Sonne an diesem Ort.

Der junge Mann wusste von alledem nichts, als er zu seinem Strandspaziergang aufbrach. Unbekümmert ging er zum Wasser, von dem ein leichter Wind herwehte. Muscheln schmückten den Sand, und die Sonne ließ sie glänzen wie die Sterne am Firmament. Als er mit seinen bloßen Füßen den Strand betrat, spürte er, dass etwas Besonderes vor sich ging.

Bereits seine gesamte Reise war ungewöhnlich verlaufen. Viele Umwege und Zufälle hatten ihn hierher geführt. Am Ende hatte er sich einfach treiben lassen. Er fühlte sich wie an diesen Strand gespült, so wie die Seeleute vor so langer Zeit. Wenngleich der junge Mann keine Ahnung von den damaligen Ereignissen hatte, waren die Menschen, die das Meer zu jener Zeit an die Küste getragen hatte, heute immer noch präsent. Es war ihre Gegenwart, die er bei seinen ersten Schritten auf dem warmen Boden spürte. Die Schiffbrüchigen von einst waren zu den vier Elementen geworden. Sie wärmten die Muscheln, tauchten sie in das Nass der Wellen, umwehten sie sanft und brachten sie am Ende zum Leuchten. So ließen sie den gesamten Strand erstrahlen, an dem der junge Mann entlangging. Die Sonne streichelte sein Gesicht. Er spürte den leichten Wind und den Sand unter den Füßen, während das Wasser seine Fersen berührte. So war der junge Mann schnell eins mit diesem Ort.

Deon hieß der freundliche Herr, der ihn hierher eingeladen hatte. Während ihrer ersten Begegnung hatte er die ganze Zeit über eine erstaunliche Ruhe ausgestrahlt. Der junge Mann hatte das noch gut in Erinnerung. Er spürte diese Ruhe erneut, als er vor einigen Tagen das erste Mal in das alte Fischerdorf kam, das an der Küste lag. Die Nachfahren der Seeleute hatten es errichtet. Deon war hier geboren worden, und so war er einer von ihnen. In ihm steckte ebenso die Weisheit, welche die Zeit den Seelen der Gestrandeten hatte anwachsen lassen. Diese Weisheit hatte den jungen Mann schließlich hierher geführt. Es war, als hätten die Seeleute ihn gerufen.

Fragen brachte der Mann mit an diesen Strand. Er suchte nach Antworten. Wenigstens nach einer. Zumindest benötigte er einen Rat. Er sehnte etwas herbei, das der Wind und das Wasser, der Sand und die Sonne in sich trugen. Wenngleich er sich dessen nicht bewusst war, hatte ihn diese Sehnsucht an den Ort geführt. Die Fragen, die der junge Mann nicht stellen konnte, trafen an diesem Platz auf Antworten, die niemand zu geben vermochte. Dennoch war hier alles eins. So kam es, dass in dem jungen Mann eine Erkenntnis reifte, die mit jedem Schritt größer wurde, den er auf den Boden des Strandes setzte. Es war ein Spaziergang hin zu einer Weisheit, die ihn schließlich der Wind und das Wasser, die Sonne und der Sand für einen kaum vorstellbaren Moment spüren ließen. Endlos schien er so gewandert zu sein, aber nachdem er seinen letzten Schritt gegangen war, wusste er, was er zu tun hatte.

Als der junge Mann von dem Strand zurückkam, sah er hinter den Dünen das alte Fischerdorf. Nun bemerkte er auch das Schild, auf dem der Name des Ortes stand. *Paternoster.*

Kapitel 1

Über mehrere Kilometer erstreckte sich der Strand. Er war unberührt. Wie gemacht für diese Prüfung. Als läge er schon Jahrtausende so da und wartete nur darauf, dass jemand sich dem Wagnis stellen würde. Die beiden Fischerjungen waren schon lange unterwegs gewesen, ohne dass sich etwas ereignet hatte. Die Sonne brannte unbarmherzig. Das Meer war so flach wie ein Spiegel. Es war keine lebende Seele zu sehen.

Die Jungen wussten, dass es verboten war, ohne Einweihung diesen Abschnitt der Küste zu betreten. Cah hatte seinen Bruder dazu angestiftet. Er war immer ein Rebell gewesen, den nichts zurückhalten konnte. Leicht hatte er so den eher schüchternen Rhu überzeugt, ihn bei dieser verbotenen Tat zu begleiten. Aber es war nicht nur die Gefahr, die Cah reizte. Ihn trieb auch große Neugierde an. Denn im Dorf gab es Gerüchte, dass an diesem Strand etwas verborgen war. Etwas, zu dem die Welt einem gewöhnlich keinen Zugang bot.

Rhu, der Jüngere der beiden, fiel immer wieder zurück. Er hatte Angst und wollte nicht mehr weitergehen. Aber Cah ließ nicht locker. „Komm schon, es gibt nichts, wovor du dich fürchten musst", sagte er. „Außerdem, was könnte uns hier draußen schon passieren?" Während sie so gingen, suchten die beiden Jungen den Strand nach Lebenszeichen ab. Aber es gab keine. Nicht einmal ein Seevogel war in Sicht. Das einzige Geräusch, das sie hören konnten, kam von ihren eigenen Schritten im Sand.

Doch plötzlich war Cah stehengeblieben. Er zeigte auf etwas in der Ferne. „Siehst du das auch?", fragte er seinen Bruder. „Es sieht so aus, als ob da drüben jemand liegt." Er lief los und seinem Bruder blieb nichts anderes übrig, als ihm zu folgen. Ruh fürchtete sich vor dem, was Cah entdeckt hatte. Aber noch unheimlicher war ihm bei dem Gedanken zumute, alleine an diesem Ort zurückzubleiben.

So liefen sie zu der Gestalt. Schon von Weitem sahen sie, dass es ein Mann war. Er lag auf dem Rücken und starrte mit einem Ausdruck friedlicher Verwunderung in den Himmel. „Was sollen wir tun?", fragte Rhu. „Im Dorf haben sie uns immer davor gewarnt, diesen Bereich des Strandes ohne Erlaubnis zu betreten." Aber Cah ließ seinem Bruder keine Zeit zum Nachdenken. Er packte ihn einfach und zog ihn mit. Gemeinsam kamen sie näher und näher, bis sie schließlich fast neben ihm standen. Als der Mann die beiden Brüder bemerkte, sah er sie erstaunt an. Cah war der erste, der seinen Mut zusammen nahm und den Fremden ansprach: „Wer seid Ihr?" Bei der Frage trat ein seltsamer Ausdruck auf das Gesicht des Mannes. Rhu meinte, einen stillen Schmerz zu spüren, den der Mann in diesem Augenblick durchlitt. Dann wechselte seine Mimik und er schaute Cah gefasst in die Augen. Der Unbekannte ließ einen Moment verstreichen, als wartete er noch vergeblich auf irgendeine Reaktion. Aber als diese ausblieb, antwortete er schließlich: „Ich weiß es nicht.“ Bei dieser Antwort wirkte der Mann jedoch eher niedergeschlagen als verwirrt.

Die beiden Brüder sahen sich an. Sie wussten nicht, was sie tun sollten. Der Mann am Strand setzte sich langsam auf und blickte sich um. „Erzählt mir, wo ich hier bin“, sagte er schließlich, als hoffte er, damit irgendeine Erinnerung hervorzurufen. Cah schaute wieder zu Rhu. „Ihr seid an einem Strand ganz in der Nähe unseres Fischerdorfes“, antwortete Cah und fragte: „Aber wie seid Ihr hierhergekommen?“ Rhu beobachtete, wie der Mann nach einer Antwort suchte. Vor seinen Augen schien seine gesamte Lebensgeschichte abzulaufen. Wollte er sie nicht erzählen oder konnte er sich tatsächlich nicht an sie erinnern? Den jüngeren Bruder beschlich der Hauch eines Zweifels, den er sich aber nicht erklären konnte. Hatte der Fremde wirklich sein Gedächtnis verloren? Dann aber sagte der Mann müde: „Auch das weiß ich nicht.“

Die Person am Strand war für die beiden jungen Brüder ein Rätsel. Sie konnten sich weder erklären, woher dieser Mensch kam, noch wussten sie, wer er war. Alles, was sie bemerkten, war, dass ihn etwas zu quälen schien. Als ob er nach etwas suchte, das er verloren hatte. „Bringt mich in euer Dorf“, bat er die Jungen schließlich. „Vielleicht kommen die Erinnerungen dort zurück.“

Rhu und Cah schauten sich unsicher an. Sie fragten sich, wie sie diese Bemerkung des Mannes verstehen sollten, den doch noch niemand in ihrem Fischerdorf je gesehen haben konnte. Vor allem aber fürchteten sie die Strafe, die sie erwartete, wenn sie von dem Ort erzählten, an dem sie diese seltsame Gestalt gefunden hatten. Denn der Strand von Paternoster war heilig und sie hätten ihn nicht betreten dürfen. Aber ihr Fund ließ ihnen keine Wahl. So führten sie den Mann schließlich in ihr Fischerdorf und hatten doch keine Ahnung, wen sie da mit sich nach Hause brachten.

Kapitel 2

Das Schiff segelte fernab auf dem weiten Meer. Hohe Wellen hatten bereits begonnen, es fest in ihren Griff zu nehmen. Mit ganzer Kraft versuchte die Mannschaft den Kurs entlang der Küste zu halten. Sie kämpfte um jeden Meter. Aber die See wollte nicht mehr hergeben, was sie schon zu besitzen glaubte.

„Wir sollten das Festland ansteuern, Kapitän", brüllte der Steuermann unter dem Tosen des Meeres. Aber die Person, die etwas weiter neben ihm stand, trotze nur mit festem Blick dem Schauspiel, das sich vor ihnen auftat. Wasser ergoss sich über das Deck. Der Wind heulte auf. Salzige Gischt fegte über die Brücke. Mit zugekniffenen Augen sah der Steuermann seinen Kapitän an und wartete auf eine Antwort. Er beobachtete, wie dieser unbeirrbar blieb, und hoffte dennoch, er würde einlenken. Aber das tat er nicht. Kapitän Brand hatte nur ein Ziel.

Jeder an Bord wusste, dass sie ihre Ladung noch mehrere hundert Seemeilen bis an das Kap der Guten Hoffnungen bringen mussten. Die Zeit wurde allmählich knapp. Die Stürme, die sie seit ihrem Aufbruch entlang der Westküste Afrikas begleitet hatten, waren der Grund dafür, dass sie mit dieser Fahrt weit hinter dem ursprünglichen Zeitplan lagen. Doch aufgehalten hatten diese Naturgewalten das Schiff nicht. Zu stark war der Wille des Kapitäns, noch rechtzeitig den Zielort zu erreichen. Er hatte das Gold vor Augen, das ihnen für ihren Transport versprochen worden war. Spätestens am Monatsletzten musste die Fracht in Kapstadt sein. Nur dann gab es den vollen Sold. Allein deshalb hatte die Mannschaft überhaupt den Willen aufgebracht, den widrigen Umständen ihrer Reise zu trotzen. Sie hatte sich gegen die unwirtliche See und die mitunter gefährlichen Unwetter mächtig ins Zeug gelegt. Aber während die Besatzung ausschließlich nach dem Lohn strebte, ging es Kapitän Brand um etwas gänzlich anderes. Zeit und Geld spielten nicht irgendeine Rolle für ihn. Sie bedeuteten ihm einfach alles. Sein Steuermann wusste das nur zu gut. Er kannte den Kapitän schon lange, bevor sie zu diesem Wagnis aufgebrochen waren. Als einziger an Bord war ihm klar, was keiner ahnen konnte. Nichts würde Brand von seinen Plänen abbringen, und das gefiel dem Steuermann ganz und gar nicht.

Kapitel 3

Sal war verzweifelt. Schon lange waren seine Kinder fort. Längst hätten sie zurück sein müssen. Die Dämmerung begann bereits einzusetzen, aber noch immer fehlte jede Spur von ihnen.

Nachdem die meisten Fischerboote mit ihrem Tagesfang wie immer am späteren Nachmittag zurückgekehrt waren, hatte Sal begonnen, sich Sorgen zu machen. Er war vom Dorf aus direkt zu dem Abschnitt des Strandes gegangen, an dem die Fischer ihren Fang zum Verkauf vorbereiteten. Gelegentlich kam es vor, dass der eine oder andere Fremde sich hierher verirrte und die Fische direkt von den Booten erwarb. Köpfe wurden abgeschlagen, und die Möwen freuten sich über die Innereien, die vom Strand aus dem Meer zurückgegeben wurden, ganz so, wie es die Männer von ihren Vätern gelernt hatten. *Sie* seien es, die diesen Tribut forderten. *Die Seelen auf dem Meer.*

Paternoster war das letzte Dorf an der Küste. Nur wenige wussten von seiner Existenz. Weiter nördlich wurde das ganze Land zur Wüste, und kaum jemand kam auf den Gedanken, jenseits des letzten größeren Küstenstädtchens noch weiterzufahren. Wer es dennoch tat, fand ein vollkommen aus der

Zeit gefallenes Dorf vor, das so aussah, als wäre es aus einem anderen Jahrhundert an diesen Ort gelangt. Seit jeher lebten die Bewohner vom Fischfang. Schon früh lernten die Jungen, ihren Vätern bei dieser Tätigkeit zur Hand zu gehen. Auch Sals Kinder waren auf den Booten unterwegs gewesen, kaum dass sie richtig laufen konnten. Doch heute waren sie das erste Mal alleine draußen, und in der Gruppe hätten sie eigentlich nicht verloren gehen dürfen.

„Sie werden sicher bald hier sein." Aber die Worte des Dorfführers, der den Fischern vorstand, drangen kaum bis zu Sal durch. Eine dunkle Vorahnung beschlich ihn. Er fand sie bestätigt, als die zwei jungen Burschen anlegten, deren Boot mit dem seiner Kinder unterwegs gewesen war. Mit ihnen hätten sie zurückkommen sollen. „Sie wollten noch einmal weiter raus. Die Strömung war heute besonders gut für eine reiche Ausbeute", hörte Sal von einem der beiden. Aber etwas stimmte nicht. Eindringlich schaute Sal die Jungen an, als der zweite seinen Blick senkte. „Was ist passiert?", fragte Sal. Als der Junge wieder aufschaute, konnte er es in seinen Augen ablesen. „Sie wollten nach *ihnen* suchen", gestand der Fischerjunge ein. „Wir konnten sie nicht davon abbringen." Sal war entsetzt. Er wollte nicht glauben, was er soeben gehört hatte.

In heller Panik rannte er zum Bootsführer. Er beschwor ihn, flehte und bettelte schließlich, aber der Fischer ließ sich nicht erweichen. „Wenn sie hinausgefahren sind, um nach dem zu suchen, was du sagst, wirst du deine Kinder nie wiedersehen. Ich werde keins der Boote hinterherschicken, nur um noch mehr Leute zu verlieren.“ Als Dorfältester war er zu erfahren, als dass er nicht die Aussichtslosigkeit und die Gefahr kannte, die mit einer solchen Unternehmung verbunden war. „Es gibt lediglich eine einzige Vorschrift, an die sich jeder zu halten hat, der auf der See mit uns fischt.“ Sal wusste, dass auch seine Kinder diese Regel nur zu gut kannten. Jeder Dorfbewohner bekam sie eingebläut, noch ehe er das erste Mal einen Fuß auf eins der Fischerboote setzen durfte. *Suche niemals nach ihnen*. Sal jedoch kannte seine Kinder und wusste von der Neugier, die sie antrieb. „Es sind doch noch Kinder!“, flehte er. Aber der Anführer der Fischer schüttelte bloß schweigend den Kopf.

„Dann lass mich selbst hinausfahren“, beschwor Sal den Mann, der sich inzwischen entschlossen vor seinem Boot aufgestellt hatte. „Niemand wird dir für ein solches Unterfangen sein Boot geben. Wenn schon nicht um deinetwillen, dann deshalb, weil er es nie wiedersehen würde.“ Sals Blick wurde matt. Kühl sah ihn der Dorfführer an. „Deine Kinder sind *ihnen* jetzt ganz ausgeliefert. *Sie* entscheiden über ihr weiteres Schicksal.“ Sal sah die Möwen, wie sie sich auf die ausgenommenen Fischstücke auf dem Meer stürzten. Er konnte nur beten, dass die, nach denen seine Kinder suchten, sie nicht als weiteren Tribut betrachteten. Denn sie waren ebenso heilig wie gefürchtet. *Die Seelen auf dem Meer.*

Kapitel 4

Zögerlich kamen Rhu und Cah in ihr Dorf zurück, denn noch immer begleitete sie die Angst. Der Mann, den sie mitbrachten, würde schnell offenbaren, dass sie sich ohne Erlaubnis an den heiligen Strand gewagt hatten. *Wo habt ihr ihn gefunden?* Die beiden Brüder hätten keine rechte Antwort auf diese Frage gewusst.

So schlichen sie zunächst an den Hütten vorbei und führten ihren Begleiter jenseits des großen Dorfplatzes über die abgelegenen Wege des Fischerörtchens zu ihrem Heim. Sie erreichten ihr Zuhause, ohne jemandem zu begegnen. Ihre Erleichterung darüber war förmlich spürbar, als sie endlich vor ihrer Tür standen. Doch der Fremde merkte das schnell. „Warum die Heimlichkeit?“, fragte er und traf sie damit vollkommen unvorbereitet, noch ehe sie ihn nach drinnen bringen konnten. Die Jungen tauschten kurze Blicke aus. Rhu erklärte schließlich, welche Bedeutung dem Teil des Strandes beigemessen wurde, an dem sie ihn gefunden hatte. „Es ist uns nicht erlaubt, dorthin zu gehen. Der Ort ist heilig.“ Der Mann runzelte die Stirn. „Aber dennoch wart ihr da?“ Cah stellte sich nun aufrecht hin, ganz so, wie er es bei den jungen Männern immer gesehen hatte, bevor sie zur großen Prüfung geschickt wurden. „Wenn man das richtige Alter hat, stellen sich alle bei uns diesem Wagnis." Doch der Mann verstand nicht. „Es ist der Initiationsritus unserer Gemeinschaft. Die Aufnahme in den Kreis der Fischer", ergänzte Rhu. Cah hasste es, wenn sein jüngerer Bruder so erwachsen sprach, als wäre er bereits einer von ihnen. „Es heißt, an diesem Strand finden einen die Seelen der Verstorbenen. Sie entscheiden, ob man reif ist für die raue See. Ob man ein Fischer werden darf." Verwunderung trat in den Blick des Mannes. „Die Seelen kommen bei euch an den Strand?" Es war die Art, wie er diesen Satz ausgesprochen hatte, die Rhu und Cah überraschte. War bei dem Mann eine Erinnerung zurückgekehrt? „Ihr wisst von den Seelen?", fragten die Brüder, und ein fast unmerkliches Zucken durchfuhr ihren Begleiter. Cah hatte es nicht wahrgenommen, aber Rhu war es nicht entgangen. „Nein", setzte der Mann schnell nach. „Ich weiß nichts davon. Aber warum sollten sich die Seelen eurer Verstorbenen ausgerechnet an einer Stelle zeigen, die so vollkommen verlassen ist?" Für Ruh klang es jedoch mehr wie eine schnelle Ausflucht, als nach einer aufrichtigen Antwort. „Das erfahren nur die Eingeweihten", antwortete Cah knapp. Er wollte die Unterhaltung hier draußen schnell beenden und wies den Mann in ihre Hütte. Sie durften nicht noch länger vor der Tür bleiben. Irgendwann würde jemand auftauchen und sie sehen, und dann würden sie riesigen Ärger bekommen. Daher schob Cah ihren seltsamen Begleiter schnell durch die Tür, während Rhu ihnen langsam und nachdenklich folgte. Was hatte dieser Mann zu verbergen, der doch mehr über Paternoster und die mystische Geschichte der Seelen zu wissen schien, als er offen zugeben wollte?

Kapitel 5

In der Hütte war es fast dunkel. Nur eine alte Petroleumleuchte warf ein flackerndes Licht an die Wände. „Hier wohnt ihr also?" Es war bereits die zweite Frage, die der Mann auf eine so seltsame Art stellte. Als hätte er etwas anderes erwartet. Die Brüder blickten sich erneut verstohlen an. Doch bevor einer von ihnen etwas sagen konnte, durchschnitt eine Stimme die dämmrige Schwüle des düsteren Raumes. Der Mann wandte sich augenblicklich der Gestalt zu, die im Halbdunkeln am anderen Ende der Hütte stand und zu ihnen herüberschaute. Der Schein der Öllampe ließ Schatten auf ihren Gesichtern tanzen und als sich das Licht ein wenig beruhigt hatte, trafen sich ihre Blicke. Langes Schweigen trat in das Dunkle. Eine Ewigkeit verging. Der Mann schien auf etwas zu warten. Rhu spürte es deutlich, als er ihn aus den Augenwinkeln beobachtete. Aber was auch immer es war, es passierte nicht.

„Wer seid Ihr?", hallte es schließlich durch die Finsternis. Die Frage traf den Mann wie ein Faustschlag. So schien es Rhu jedenfalls. Aber bevor ihr Gast etwas sagen konnte, ergriff Cah das Wort. „Er hat sein Gedächtnis verloren, Tante." *Tante.* Erneut glitt ein leichtes Zucken über das Gesicht des Fremden. In dem Inneren seines Schädels schien dieses Wort nachzuhallen, als fände es keinen Ausgang. *Tante.* „Wir dachten, du könntest ihm vielleicht helfen“, fügte Rhu bittend hinzu. Ihm schlug seine Tante gewöhnlich keinen Wunsch ab.

Der stämmige Körper einer nicht mehr ganz jungen Frau trat aus dem finsteren Ende des Raumes hervor und bewegte sich in schweren, fast schleichenden Schritten zu ihnen herüber. Eine Ewigkeit schien zu vergehen, ehe sie so nah bei ihnen war, dass auch ihr Gesicht ganz von dem Petroleumschein erfasst wurde. Helle und dunkle Schatten sprangen auf ihrem Antlitz umher. Der Mann sah die Frau wie eine alte Bekannte an, die überraschend aufgetaucht war, und wartete schweigend auf irgendeine Reaktion. „Wie sollte ich ihm helfen können?“, fragte die Frau die Jungen, während sie den Fremden gründlich musterte, der in ihrer Hütte so unvermittelt aufgetaucht war. „Aber Tante“, entfuhr es Cah. Er war die Diskussion leid, die die Brüder schon so oft mit ihrer Tante geführt hatten. Dennoch versuchte er es weiter. „Du weißt, wie du ihm helfen kannst.“

Seine Tante wandte sich kurz von dem Fremden ab und schaute ihren Neffen böse an. „Das mache ich schon lange nicht mehr und das weißt du. Wie oft müssen wir noch darüber sprechen?“, sagte sie schließlich. Cah presste die Lippen aufeinander. Alles, was er jetzt sagen würde, machte ein Einlenken seiner Tante nur noch unwahrscheinlicher. Bevor auch noch Rhu einen Versuch unternehmen konnte, sie davon zu überzeugen, dem Unbekannten zu helfen, fügte sie bestimmt hinzu: „Wenn ihr ihn nur deshalb zu mir gebracht habt, war euer Weg umsonst. Geht mit ihm dorthin zurück, wo ihr ihn gefunden habt." Sie war schon dabei, zurück in die dunkle Ecke ihrer Hütte zu verschwinden, da hielt sie noch einmal inne. Plötzlich durchfuhr sie ein Gedanke. „Wo habt ihr ihn eigentlich gefunden?", fragte sie ein wenig misstrauisch und blickte die beiden Jungen dabei streng an. Sie sah die Antwort sofort in ihren Gesichtern. Mit grimmiger Miene schaute sie zuerst ihre Neffen und schließlich den Mann an.

„Ihr müsst ihn sofort zum Dorfältesten bringen!", befahl sie schließlich. Rhu und Cah erblassten. „Aber Tante, dann erfahren alle, wo wir waren." Die Frau ließ sich jedoch nicht erbarmen. „Er wird wissen, was zu tun ist." Sie warf den beiden Jungen einen letzten strengen Blick zu. „Wenn ihr es nicht macht, bringe ich ihn selbst hin. Aber das wird für euch sicherlich nicht besser ausgehen", sagte sie und verschwand in der Dunkelheit. Die Brüder sahen sich entsetzt an. Doch sie wussten, dass ihnen nun keine andere Wahl mehr blieb.

Kapitel 6

Niedergeschlagen kehrte Sal vom Strand zurück. Er hatte noch lange nach seinen Kindern Ausschau gehalten. Aber irgendwann hatte die Dämmerung eingesetzt und das Meer in ein blutdunkles Rot getaucht. „Es hat keinen Zweck, hier zu warten. Sie werden nicht wiederkommen.“ Der Dorfoberste war bis zuletzt geblieben, wohl mehr, um sicherzustellen, dass Sal nicht noch irgendeine Dummheit beging und mit einem der Boote auf das offene Meer hinausfuhr. Sal wusste nun, dass er recht hatte. Aber die Hoffnung aufgeben würde er deshalb noch lange nicht.

Den ganzen Weg zurück überlegte er, was er jetzt noch tun könnte. Als er den Dorfeingang erreichte, wusste er es. Es gab nur eine Möglichkeit, mit seinen Kindern in Kontakt zu kommen. Also beeilte er sich, auf dem schnellsten Weg über den Dorfplatz zu der Hütte zu gelangen, in der *sie* wohnte. Außer Atmen stand er schließlich vor der Tür der kleinen Behausung, aus der selten Licht nach draußen schien. Seit dieser Geschichte vor langer, langer Zeit lebte die Bewohnerin vollkommen zurückgezogen. Nur zu den nötigsten Anlässen war sie seither im Dorf erschienen. Auch Sal hatte lange keinen Kontakt mehr zu ihr gehabt, aber heute ließ ihm das Schicksal keine andere Wahl. Laut klopfte er an den Eingang und hörte nicht auf, bis er von drinnen Geräusche vernahm. Jemand näherte sich der Tür. Als sie schließlich geöffnet wurde, zuckte er erschrocken zusammen. Er hatte die Person nicht so verwahrlost in Erinnerung.

Die korpulente Frau stand schweigend im Eingang ihrer Hütte und musterte den Mann, der so unvermittelt bei ihr aufgetaucht war. Kein Wort kam über ihre Lippen. Sie war schon dabei, die Tür wieder zu schließen, da hielt Sal sie zurück. „Du musst mir helfen!“, sagte er eindringlich. Die Frau, die älter aussah, als sie eigentlich war, stockte kurz. Missmutig kniff sie die Augen zusammen und warf Sal einen grimmigen Blick zu. „Ich muss gar nichts.“ Noch ehe er etwas erwidern konnte, hatte sie die Tür mit einem lauten Knall zugeworfen. Sal pochte erneut dagegen. Er hämmerte und rief: „Es geht um meine Kinder!“ Unermüdlich machte er weiter. „Sie sind auf der See verschollen. Draußen auf dem Meer.“ Er würde solange hier stehen bleiben und an die Tür schlagen, bis sie ihn anhörte. Aber so laut er auch war, nichts regte sich. Schließlich ließ Sal die Arme sinken. Leise, fast flüsternd sprach er aus, was er bislang nicht zu sagen gewagt hatte. „Sie sind bei *ihnen*.“ Eine Weile passierte nichts. Stille legte sich über die kleine Hütte und umschloss sie. Als Sal sich schon abwenden wollte, hörte er, wie erneut die Tür aufging.

Die Frau stand wieder vor ihm. Sie sah ihn noch einmal lange an. Dann stieß sie einen tiefen Seufzer aus. „Sie empfangen mich nicht mehr. Du weißt das.“ Sal wusste es. Er nickte stumm. Doch er hatte gehofft, dass sie wenigstens einen Versuch unternehmen würde. Wenngleich er auch seit der Geschichte damals keine große Hoffnung gehegt hatte. Aber ihm war einfach nichts Besseres eingefallen.

„Geh zu dem alten Fischer, der auf den schwarzen Felsen wohnt. Er ist der Einzige, der dir jetzt noch helfen kann.“ Sal verstand nicht recht. Wie sollte dieser alte Kauz ihm helfen? Sal hatte ihn noch nie mit den anderen Männern hinausfahren sehen, wenn er es denn je getan hatte. Der Alte war ein Einsiedler, der etwas abseits des Dorfes lebte. Niemand kannte ihn wirklich gut. Um ihn rankten sich allerhand Gerüchte. Keines davon hatte Sal geglaubt, wenn er sich überhaupt dafür interessiert hatte. Der alte Sonderling hatte kaum Kontakt zum Dorf und seiner Gemeinschaft. Sal wunderte sich, dass die Frau ihn näher kannte. Er wollte gern noch mehr darüber erfahren, als die Tür auch schon wieder zufiel und er allein vor der kleinen Hütte stand. Es war zwecklos. Hier konnte er nichts mehr erreichen. Wenn er seine Kinder wiedersehen wollte, musste er sich nun beeilen. Was auch immer der alte Fischer in dieser Sache auszurichten vermochte, er musste bei ihm sein, bevor es für seine Kinder kein Zurück mehr gab.

Kapitel 7

„Bald ist es zu spät." Der Steuermann beobachtete voller Besorgnis, wie sich fern am Horizont die Wolken zu einem tiefen Schwarz zusammenzogen. Zuckendes Licht versuchte sich vergeblich aus dem finsteren Ungetüm zu befreien, das sich vor ihnen aufbaute. Die gesamte See stand unter Strom, und die gleißenden Blitze, die im Inneren dieses Sturms wüteten, gaben dem Schiff und seiner Besatzung eine dunkle Ahnung von dem, was ihnen bevorstand.

„Wir müssen an Land", beschwor der Steuermann erneut seinen Kapitän, der sich immer noch auf den Beinen hielt, während alles andere um ihn herum bedrohlich wankte. Es war vor allem der Hauptmast, der unter den orkanartigen Böen immer wieder gefährlich attackiert wurde. „Lasst uns zumindest das Großsegel einholen. Der Mast bricht sonst." Der Kapitän wandte sich seinem ersten Mann zu. Er wusste, dass der Steuermann recht hatte. Sollte der Mast verloren gehen, wäre ihre Fahrt unwiderruflich zu Ende. Dann würde er nie irgendetwas von dem Gold sehen. Wenn sie das Segel jetzt einholten, würden sie zwar zunächst wertvolle Zeit verlieren, aber die ließe sich mit einem intakten Schiff vielleicht noch aufholen, sobald der Sturm irgendwann etwas ruhiger werden würde. Stumm nickte er seinem ersten Mann zu. „Schick zwei Männer hoch." Der Steuermann zögerte nicht lange. „Großsegel einholen!", brüllte er über das Deck, bevor er sich noch einmal seinem Kapitän zuwandte. „Lasst mich mit raufgehen. Ich bin der Erfahrenste hier neben Euch."

Der Kapitän wusste ebenso wie sein erster Mann, dass es unter diesen Bedingungen sehr riskant war, auf den Mast zu klettern. Leicht konnte auch ein geschickter Seemann über Bord gehen. Dem Steuermann würde das nicht so schnell passieren, aber Brand durfte kein Risiko eingehen. Ohne seinen ersten Mann war die Mission verloren. Niemand würde das Schiff unter auch nur halb so schweren Bedingungen auf Kurs halten können. Sie würden Kapstadt dann nie erreichen. „Du bleibst, wo du bist! Das ist zu gefährlich." Gehorsam fügte sich der Steuermann. Aber es war bei diesen Worten, bei denen er zu spüren begann, dass es dem Kapitän nicht mehr um das Leben der Mannschaft ging, auch nicht um das des Steuermanns selbst. Das einzige Leben, um das Kapitän Brand bangte, war ein gänzlich anderes.

Kapitel 8

Sal beeilte sich und lief, so schnell er konnte. Er rannte fast über den Strand. Die kleinen Felsen, auf denen der alte Fischer seine Hütte errichtet hatte, lagen unmittelbar vor ihm. Trotz der späten Stunde hatte Sal keine Mühe, sich zu orientieren. Der Mond war bereits aufgegangen und sein helles Licht tauchte die gesamte Umgebung in ein gespenstisches Weiß.

Über einen sandigen Weg gelangte Sal die schwarzen Klippen hinauf zu der verwitterten Behausung. Als er schließlich oben stand, hielt er einen Moment inne. Von hier aus ließ sich bis weit auf das Meer hinausschauen. Die ersten Sterne spiegelten sich auf dem Wasser, und Sal hoffte, zwischen ihnen irgendwo seine beiden Kinder zu erspähen. Aber es war vergebens. Die See lag so ruhig und verlassen da wie ein Friedhof.

Sal wandte seinen Blick zur Hütte und erschrak augenblicklich. Vor ihm stand der Alte. Im Mondlicht erschien sein eingefallenes Gesicht wie das eines Toten. Kurz glaubte Sal, einem Geist gegenüberzustehen. *So mussten die Seelen aussehen, wenn es sie denn wirklich gab,* dachte er.

„Du bist reichlich spät." Sal hatte sich gerade wieder gefasst, da trafen ihn die Worte des alten Fischers wie ein Schlag. Hatte er ihn erwartet? Der Satz klang vorwurfsvoll. Hätte er direkt zu ihm gehen müssen und nicht erst die Frau in dem Dorf aufsuchen sollen? Doch dann keimte Hoffnung in Sal auf. Waren seine Kinder vielleicht sogar bei ihm? Eine der Erzählungen über den Alten besagte, dass er immer spät am Tage, wenn bereits alle anderen Boote zurückgekehrt waren, alleine auf das Meer hinausfuhr. Im Mondlicht wartete er dann dort angeblich auf die Seelen der Verstorbenen, um mit ihnen zu fischen. War er auch heute draußen auf der See gewesen und hatte vielleicht seine Kinder gefunden? Aber noch ehe Sal eine Frage stellen konnte, war der Alte schon in der Hütte verschwunden. Sal folgte ihm schnell in der Hoffnung, seine Kinder könnten drinnen bereits auf ihn warten.

Aber dem war nicht so. In der Hütte war niemand außer dem seltsamen Kauz. Er hatte sich über einem kleinen Feuerkessel etwas Suppe gemacht und reichte Sal eine Schüssel. „Danke, ich bin nicht wirklich hungrig." Der Alte schaute ihn streng an. „Nimm, den Weg, der vor dir liegt, geht man besser nicht mit leerem Magen." Der alte Fischer schien mehr zu wissen, als man ihm ansah. Tausend Fragen schossen Sal durch den Kopf. Aber er besann sich. Vielleicht war es besser, sich erst einmal zu dem Alten zu setzen und zu hören, was er zu sagen hatte. Außerdem hatte Sal tatsächlich den ganzen Tag vor Sorge um seine Kinder nichts gegessen und merkte erst beim Anblick des köchelnden Fischtopfes, wie hungrig er eigentlich war.

Sie saßen sich eine ganze Weile lang schweigend gegenüber und aßen still ihre Abendsuppe. Als sie fertig waren, schaute der alte Fischer Sal mit festem Blick an und sagte: „Sie hätten nicht nach *ihnen* suchen dürfen." Sal verstand es als einen Vorwurf, der vor allem an ihn selbst gerichtet war. „Woher wisst Ihr davon?", fragte Sal. Der Alte schaute grimmig. „Das ganze Dorf weiß es." Sal fragte sich insgeheim, ob der Fischer es wirklich von den Bewohnern erzählt bekommen hatte. Schließlich traf er selten auf jemanden und war eigentlich kein Teil der Gemeinschaft. Für einen Moment hoffte Sal, dass der Alte wirklich mit den Seelen in Kontakt stand und es von ihnen selbst erfahren hatte. Doch dann hörte er den Alten bereits unbeirrt fortfahren: „Es kommt selten vor, dass jemand so weit hinausfährt, um zu *ihnen* zu gelangen. Aber alle paar Jahre versucht es immer wieder irgend so ein Dummkopf." Sal verkniff schon leicht das Gesicht, als der Fischer noch hinzufügte: „Heute waren es wohl zwei."

„Mir wurde gesagt, Ihr könntet helfen." Sal verlor nun doch die Geduld. Er war nicht hierhergekommen, um sich Vorhaltungen machen zu lassen. Er musste herausfinden, ob dieser alte Zausel seine Kinder wieder zurückholen konnte oder sich schnell etwas anderes einfallen lassen. „Ich bin der Einzige, der das jetzt noch kann", blaffte der seltsame Fischer, als hätte er Sals letzten Gedanken gelesen. Dann wartete er eine Weile, bis es so still war, dass sie sogar die Brandung des Meeres hören konnten. Die Wellen schlugen gegen die Felsen, als klopften die Seelen an ihre Tür, um Einlass zu erbitten. „Aber das hat einen hohen

Preis." Fast flüsternd hatte er den Satz gesagt. Doch Sal hätte alles für seine Kinder gegeben und ignorierte die Warnung, die in diesen Worten lag. „Was wollt Ihr?", fragte er schließlich. Der Alte sah ihn nur verächtlich an. „Nicht ich verlange etwas, *sie* werden einen Preis fordern, Junge!" Ein kalter Schauer überkam Sal. *Dann war es also wahr,* dachte er. Der verrückte Vogel hatte tatsächlich Kontakt zu den Seelen auf dem Meer. „So verzweifelt, wie du bist, werden sie ihn ziemlich hochtreiben, fürchte ich", sagte der alte Fischer. Aber er merkte schnell, dass es wenig Zweck hatte, einen Vater zu belehren, der doch alles tun würde, um seine Kinder wiederzusehen.

„Was muss ich tun?" Sal war inzwischen aufgesprungen und stand zu allem bereit inmitten der Hütte. Der Alte schaute ihn ein letztes Mal ruhig mit seinem knochigen Gesicht an. Dann sagte er ihm endlich, worauf Sal schon lange gewartet hatte: „Du musst zurück an den Strand. Jenseits meiner Hütte hinter den Felsen beginnt ein Abschnitt, wo du auf *sie* treffen kannst. Im Licht des Mondes werden sie sich dir zeigen." Sal hatte gebannt zugehört. Er fragte sich, ob er noch mehr erfahren würde. Aber der Alte schwieg. „Wie bekomme ich meine Kinder zurück?", wollte Sal schließlich wissen. Müde sah ihn der Fischer noch einmal an. „Das musst du mit *ihnen* ausmachen." Etwas verstört schaute Sal den seltsamen Wirrkopf noch eine Weile an. Aber als ihm klar wurde, dass er alles von ihm erfahren hatte, beeilte er sich, zum Strand hinunterzukommen.

Der alte Fischer war ihm zur Tür gefolgt und stand nun wieder vor seiner Hütte. Er schaute Sal noch lange nach, bis dessen Schatten hinter den dunklen Felsen verschwunden war. *Auf so eine Gelegenheit haben sie sicher schon lange gewartet*, dachte er und schämte sich zugleich dafür, dass er Sal nicht alles erzählt hatte, was er ihm besser noch hätte sagen sollen. Aber der Alte war an einen Schwur gebunden. Er musste schweigen. Bald schon würde der junge Mann erfahren, wie furchtbar sich das anfühlte.

Kapitel 9

Der Mond stand hoch am Himmel. Sein Weiß schien inzwischen noch gespenstischer als bereits zuvor. Die Gischt versprühte einen kühlen Nebel. Er legte sich über den Teil des Strandes, der hinter den Felsen begann. Alles war ruhig. Das Meer war nicht zu hören. Es herrschte eine Totenstille.

Sal nahm nur den Sand wahr, der unter seinen Füßen knirschte. Mit seinen nackten Solen meinte er, auf kalten Knochen zu gehen, die bei jedem Schritt krachten und knackten. Ihm war unheimlich zumute. *Die Seelen auf dem Meer*. Er hatte die Geschichten, die über sie erzählt wurden, nie glauben wollen. Selbst die Prüfung der Fischerjungen hielt er für ein altes Ritual ihrer Vorväter, bei dem sich die angehende Generation auf hoher See beweisen musste. Für ihn waren es Ammenmärchen. Ausgedacht von besorgten Müttern, um die ganz Jungen davon abzuhalten, auf eigene Faust zu weit aufs Meer hinauszufahren. Seinen Kindern hatte er die Warnung vor den Seelen wie ein Verbot beschrieben, ohne zu ahnen, welche Neugier das in ihnen wecken würde.

Existierten an diesem Ort wirklich die Seelen von Verstorbenen? Besaß der Mensch überhaupt so etwas wie eine Seele? Sal war überrascht, dass es die Suche nach seinen Kindern war, die ihn diese Frage zum ersten Mal in seinem Leben ernsthaft stellen ließ. Seine Großmutter hatte immer behauptet, die Menschen kämen aus einem AllEins, das mit seiner Energie das gesamte Universum durchzog. „Wir sind aus Sternenstaub", hatte sie immer zu sagen gepflegt. Sal hatte das noch gut in Erinnerung. *Sternenstaub*. Damit hatte sie wohl andeuten wollen, dass in jedem von uns diese kosmische Kraft steckte, die nach dem Tod als unsterbliche Seele wieder in den Energiestrom des Weltalls zurückfinden würde. Sal sah die Sterne, die hoch am Himmel standen. Er hatte sich immer vorgestellt, sie seien die Seelensplitter dieses göttlichen Wunders, von dem seine Großmutter immer gesprochen hatte. Einige tanzten mit den Wellen auf dem Wasser. Hatten sie nicht zurückgefunden? Gab es Seelen, die aus irgendeinem Grund noch immer an diese Welt gebunden waren? Bevor er noch überlegen konnte, warum das so sein sollte, riss Sal etwas aus seinen Gedanken.

„Du bist reichlich spät." Sal konnte nicht sagen, ob es der Satz oder die Person war, die ihn zusammenfahren ließ. Genauso hatte ihn der Alte begrüßt. Aber der Mensch, der ihn nun in Empfang nahm, sah noch geisterhafter aus als der alte Fischer vor seiner Hütte. Wenn es denn überhaupt ein Mensch war. Der Gedanke ließ Sal schaudern. Die Blässe, die sich über das Gesicht der Gestalt zog, schien fast durchsichtig. Sal konnte nicht mit Sicherheit sagen, ob es nur der Nebel war, der seinem Gegenüber so etwas wie einen festen Körper gab. „Vielleicht sind ihm seine Kinder ja gar nicht so wichtig", hörte er plötzlich eine zweite Stimme hinter sich. Sie ließ Sal vor Schreck herumfahren, und ehe er sich's versah, bemerkte er, dass er von mehreren blassen Figuren umstellt war, die der Mond so geisterhaft anstrahlte. Fünf waren es an der Zahl, vielleicht auch sechs, das wusste Sal nicht mit Bestimmtheit zu sagen. Die Gischt machte es mitunter schwer, alles klar zu erkennen, und zum Teil schien es ihm unmöglich, diese fast durchsichtigen Gebilde eindeutig auseinanderzuhalten. Sahen so die Toten aus?

Sal versuchte, sich zusammenzunehmen. „Es gibt nichts Wichtigeres für mich als meine Kinder", sagte er mit fester Stimme, aber die Angst steckte zu tief in ihm, als dass man sie überhören konnte. Ein Lächeln schien über die Gesichter der Anwesenden zu gleiten. Sal konnte nicht sagen, ob es boshaft war oder gar verständnisvoll. „Das hatten wir gehofft", sagte eine weibliche Stimme. Doch als Sal sich ihr zuwandte, merkte er, dass es ein Knabe war, kaum älter als seine Kinder. Auf seinem jungen Gesicht erschien das Weiß des Mondes nur umso unheimlicher, da es noch viel unnatürlicher wirkte als bei den Älteren um ihn herum. Der Junge sah wirklich aus wie ein Geist. Aber bevor Sal auf seine Bemerkung eingehen konnte, sprach bereits einer der anderen weiter: „Der Preis für ihre Rückkehr ist nämlich hoch."

Sal hatte es mit Menschenfängern zu tun, so viel war klar. Die ganzen Geschichten über die Seelen auf dem Meer verschleierten also nur, dass es in dieser Gegend immer noch Banden gab, die Kinder in ihre

Gewalt brachten, um Lösegeld zu erpressen. Die unheimliche Aufmachung und der gespenstische Ort konnten Sal nicht darüber hinwegtäuschen, dass er es hier ganz offensichtlich mit einem sehr irdischen Phänomen zu tun hatte.

„Wie viel verlangt ihr?“ Höhnisches Gelächter setzte ein. Kurz war Sal verunsichert. Wie sehr er sich aber in dem Wesen der Gestalten getäuscht hatte, merkte er erst, als einer von ihnen Sal mit seinen glasigen Augen durchdringend ansah und sprach: „Es kostet dich die Erinnerung, die die Welt an dich hat.“

Kapitel 10

Der Sturm tobte. Bedrohlich schwankte der Hauptmast unter der Last, die das Großsegel auf ihn geladen hatte. Orkanböen verpassten ihm so immer mehr Schläge, und schon bald drohte er, in diesem Unwetter wie ein Boxer im Ring zu Boden zu gehen.

Die zwei Geschicktesten aus der Mannschaft waren auf Geheiß des Steuermanns den Mast hinaufgeklettert. Den Schiffsjungen hatte er gerade noch zurückhalten können. Als Leichtgewicht war man zwar bei dem Manöver klar im Vorteil. Schnell kam so jemand bis ganz nach oben. Der Preis dafür war jedoch, dass man ebenso rasch wie unfreiwillig wieder herunterkam. Jedenfalls bei einem Sturm wie diesem. Das Einholen des Segels musste also schnell gehen. Die Mannschaft war auf ihrer Position, aber die Bedingungen, denen das Schiff inzwischen ausgesetzt war, machten es ihr nicht leicht, diese zu halten. Die Aktion dauerte nun schon viel zu lange und der Steuermann wurde angesichts der schwarzen Wand, auf die sie unerbittlich zufuhren, langsam überaus nervös.

„Wenn Ihr mich nicht hinauflasst, verlieren wir nicht nur den Mast, sondern auch die beiden

Männer“, beschwor er den Kapitän. Aber der stämmige Schiffsführer legte nur seine schwere Hand auf die Schultern des ersten Mannes, als wolle er lieber ihn an Bord halten als irgendeinen seiner Männer. *Ich weiß, warum ich dir so wichtig bin*, dachte der Steuermann noch, als auch schon ein Schrei den Sturm durchbrach. Einen der Männer hatte es vom Mast geschleudert, und nur wenige Sekunden später erwischte das gelöste Segel auch den anderen und riss ihn mit sich. „Zwei Mann über Bord!“, schrie der Steuermann. Aber der Kapitän folgte nur mit grimmigem Blick dem Hauptsegel, das der Orkan vom Mast gezerrt und aufs Wasser gedrückt hatte.

Wie eine Blutlache schwamm der rote Stoff auf den Wellen, die mit ihm einen schrecklichen Tanz vollführten. Als wollte die See dem Rest des Schiffes nur einen Vorgeschmack auf das geben, was sie auch mit ihm bald anstellen würde. Unweit des Segels waren die beiden Matrosen aus dem Meer wieder aufgetaucht und hielten sich nur mühsam an ihm fest wie an einem geplatzten Rettungsring. „Ein Boot zu Wasser!“, befahl der Kapitän und sein erster Mann fragte sich insgeheim, ob er den Befehl auch gegeben hätte, wenn das Segel noch an Bord gewesen wäre. Zwei Freiwillige waren sofort zur Stelle, um in das Rettungsboot zu steigen, aber der Steuermann hielt sie zurück. „Das reicht nicht, Kapitän. Die Boote sind für sechs ausgelegt. Ihr könnt die beiden ebenso gut hinterherspringen lassen.“ Eine Aufforderung lag in seinem Blick. Um ihr Nachdruck zu verleihen, sagte er: „Sie werden kentern, wenn sie auch nur versuchen, einen der beiden aus dem Wasser ins Boot zu holen." Der Kapitän blickte seinen Steuermann finster an. Er wusste, was gleich kommen würde. Dann schaute er dem roten Segel nach, das drohte, schnell außer Reichweite zu geraten. „Ihr werdet nicht gehen", kam Brand seinem ersten Mann zuvor. „Er soll einsteigen." Der Kapitän zeigte auf den Schiffsjungen, und der Steuermann erschrak. Nur nicht der schmächtige Schiffsjunge! „Jorid bringt kaum mehr Gewicht ins Boot", wandte er rasch ein und war froh, dass ihm der Gedanke noch schnell gekommen war. Der Kapitän schaute seinen ersten Mann einen Moment lang nachdenklich an. Suchte er nach einer Lösung? „Dann nehmt den Koch. Er hat Gewicht für drei", befahl er schließlich.

Der Steuermann wollte gerade einwenden, dass der Smutje keine Hilfe bei einer so gefährlichen Rettung sein würde, aber er wusste, dass ein weiteres Hin und Her nur wertvolle Zeit kostete. Er schaute dem Segel nach, das mit den beiden Männern nun schon mehr als eine Bootslänge von ihnen entfernt war. Lange würden sich die Matrosen nicht mehr über Wasser halten können. „Ruft den Koch!", gab er schließlich den Befehl.

„Da hätten wir besser ein paar Kisten Trockenfleisch mitgenommen", schimpfte einer der beiden Seeleute, als sie zu zweit mit dem völlig verängstigten Schiffskoch zu Wasser gelassen wurden. Gefährlich schaukelte das Rettungsboot nun im Sturm. „Rudern kann er jedenfalls nicht", bestätigte sein Kompagnon, und diese Bemerkung machte es für den stämmigen Küchenmeister mit dem Gemüt eines kleinen Kindes nur noch schlimmer. Zitternd vor Furcht saß er jetzt am Ende des Rettungsbootes und versuchte, das einzusetzen, was ihn kurz zuvor an Bord gebracht hatte. Doch sein schwerer Körper hielt das Boot zwischen den hohen Wellen nur mühsam im Gleichgewicht.

Mit Sorge schaute der Steuermann der kleinen Rettungstruppe nach. Er versuchte seinerseits, mit aller Kraft das Schiff auf Kurs zu halten. Der Kapitän beobachtete ihn dabei aus seinen Augenwinkeln. *Jorid.* Die Worte des ersten Mannes hallten in seinem Kopf nach. Scheinbar gab es an Bord außer ihm noch jemanden, der für einen anderen Menschen alles opfern würde und Brand gefiel dieser Gedanke ganz und gar nicht.

Kapitel II

Cah und Rhu neigten ihre Köpfe zu Boden. Der Älteste hatte ihnen eine lange Predigt gehalten. Alle Dorfbewohner waren um sie herum auf dem großen Platz versammelt. Die Scham hätte nicht größer sein können. Kleine Kinder kicherten, und aus den Augenwinkeln sah Cah, wie die großen Jungen feixend das Schauspiel verfolgten und hämisch grinsten. Das würde er sich sein Leben lang anhören müssen, und alles nur, weil sie diesen seltsamen Mann an dem verbotenen Strand gefunden hatten.

„Die Seelen haben dich geschickt!", sagte der Dorfführer zu dem Fremden. Ein Raunen ging durch die Menge. Rhu war nicht entgangen, dass der Mann bei der Erwähnung der Seelen leicht zusammengezuckt war. Nun schaute er fast hoffnungsvoll den Ältesten an. Glaubte der Fremde, von ihm würde er mehr über sein Schicksal erfahren? „Es gibt nur einen, der die Macht hat, das zu deuten." Rhu bemerkte, wie der Fremde bei diesen Worten seinen Blick senkte. Scheinbar hatte der Älteste nicht gesagt, was der Mann gehofft hatte. Meinte er wirklich, ihr Dorfführer wüsste etwas über ihn, woran er sich doch selbst nicht erinnern konnte? Aber schon bei den nächsten Sätzen des Ältesten trat so etwas wie Verwunderung auf sein Gesicht. Der fremde Mann schien vollkommen überrascht von dem zu sein, was der Dorfführer ihm nun sagte: „Du musst zu Deon gehen. Nur er kann dir sagen, was es mit deinem Erscheinen hier auf sich hat. Allein er hat noch Kontakt zu *ihnen*."

Rhu und Cah wollten den Fremden begleiten. Vor allem Cahs Neugier war wieder geweckt. Ihr Fund vom Strand sollte jemanden aufsuchen, der nach den vielen Geschichten, die man sich über ihn erzählte, Zugang zu den Seelen hatte. Aber der Älteste hielt sie zurück. „Ihr werdet die Fischerboote wieder auf Hochglanz bringen", sagte er streng. Ein Stöhnen ging durch die Luft, und Cah sah die älteren Jungs, wie sie sich erneut über ihn lustig machten. „Sie werden so lange geschruppt, bis keine Muschel und kein Stück Seetang mehr an ihnen zu sehen ist", rief der Dorfführer ihnen nach, als sie sich auf den Weg zu den Booten machten. Als ob das jedoch nicht schon Strafe genug gewesen wäre, wies er ausgerechnet ein paar der größeren Jungen an, mit ihnen zu gehen, um ihre Arbeit zu beaufsichtigen.

Während Rhu und Cah noch die Boote reinigten, erreichte der Fremde bereits die Felsen, zu denen der Dorfälteste ihn geschickt hatte. Er kannte die Hütte nur zu gut, die auf ihnen stand, und auch den Mann, der darin lebte. Er fragte sich, ob auch Deon ihn noch erkennen würde. Mit dem Besuch bei dem alten Fischer hatte seine Geschichte schließlich angefangen.

Kapitel 12

Die Welt muss mich vergessen? Bei diesem Gedanken schaute Sal die gespenstischen Erscheinungen ungläubig an. Nun wurde ihm bei ihrem Anblick wirklich unheimlich zumute. Was waren das für Leute? Noch immer glaubte er nicht an irgendwelche Seelen von Verstorbenen. Aber wie echte Menschen verhielten sich diese Gestalten auch nicht. Wer kam schon bei Mondschein an einen verlassenen Strand und forderte für die Rückgabe von Kindern die Erinnerung der Welt für sich ein? Doch während Sal noch darüber nachdachte, wie das überhaupt vonstattengehen sollte, kam ihm bereits eine andere Frage in den Sinn.

„Warum soll sich niemand mehr an mich erinnern?“ Die nebelhaften Gesichter sahen sich an. Hatten sie mit dieser Frage gar nicht gerechnet? „Du willst viel wissen für jemanden, dem es allein um seine Kinder geht“, hörte Sal einen von ihnen sagen. Aber es klang mehr danach, als wollte er Zeit gewinnen. „Weil niemand wissen darf, dass du mit uns in Kontakt standst“, sagte ein anderer. Sal verstand nicht recht. „Dann sichere ich Euch zu, dass ich darüber schweigen werde.“ Der Junge mit der zarten Stimme war es nun, der sich an ihn wandte. „Das reicht uns aber nicht. Das wirst du ohnehin tun müssen, wenn unser Geschäft bestand haben soll." Sal war erschrocken darüber, wie viel Boshaftigkeit in der lieblichen Stimme steckte. Es musste viel Leid unter diesem Hass verborgen liegen, der doch vor allem sich selbst zu gelten schien. „Aber wenn ich die Begegnung mit Euch ohnehin verschweigen soll, warum der Welt dann noch die Erinnerung an mich nehmen?", hakte Sal noch einmal nach. „Du wirst nicht nur dieses Treffen mit uns verleugnen, sondern unsere gesamte Existenz." Der Korpulenteste unter ihnen hatte nun das Wort ergriffen. „Die fehlende Erinnerung ist nur eine Versicherung für uns, falls du dich nicht daran halten solltest", setzte einer der beiden schmächtigeren Nebelschatten nach, die Sal zu Beginn ihrer Begegnung nicht ganz auseinanderhalten konnte. „Niemand glaubt jemandem, den man nicht einmal kennt", ergänzte der andere. Beide Gestalten schienen Zwillinge zu sein.

„Ich werde schweigen", beteuerte Sal. „Du wirst nicht einmal deinen Kindern sagen können, wer du bist." Es war die Stimme einer Mutter, die Sal das sagen hörte. Diese Gestalt schien Sal eine Frau zu sein. „Auch deine Kinder werden keine Erinnerung mehr an dich haben." Sal war sich sicher, dass sie sich irrten. Es war vollkommen unmöglich, dass seine Kinder ihren eigenen Vater vergessen würden. Aber selbst wenn, das Risiko war es wert, sie vor der See zu retten. So überlegte Sal nicht weiter lange. „Ich bin einverstanden", sagte er knapp und bestimmt. „Gut", sagte die sechste Gestalt, die sich bislang im Hintergrund gehalten hatte. „Du musst es nur noch schwören." Sal schwor es. Doch dann geschah nichts.

„Was ist?", fragte der Junge aus der Gruppe, als er Sals erwartungsvolles Gesicht sah. „Hast du geglaubt, jetzt gibt es einen großen Zauber mit viel Licht und Knall?" Etwas verächtlich schaute er Sal an. „So funktioniert das Universum aber nicht." Sal konnte die Bitterkeit spüren, die in diesen Worten lag. Was hatte der Junge nur in seinem kurzen Leben erfahren müssen, das ihn hatte so zornig werden lassen?

„Wie funktioniert es dann?", fragte Sal vorsichtig. Die sechste Gestalt übernahm wieder das Reden. „Du musst dich nur hier an den Strand legen. Wenn du die Augen das nächste Mal aufschlägst, wirst du deine Kinder wiedersehen." Sal war immer noch verwundert. Der Nebel hatte sich inzwischen ein wenig gelichtet. Der Sand lag wieder frei. Sal setzte sich auf den Boden, der immer noch ein wenig kühl war. Er wollte gerade noch etwas zu seinen Begleitern sagen, da waren sie bereits verschwunden. Die Gestalten schienen sich mit dem Nebel aufgelöst zu haben.

Was tue ich nur hier? Sal war erschöpft. Er ließ sich ganz in den Sand fallen und starrte über sich auf den hellen Mond. Er glaubte nicht daran, dass ihm diese seltsamen Leute seine Kinder zurückbringen würden. Noch weniger vermochte er sich vorstellen, dass ihn alle Welt vergessen könnte oder gar, dass seine Kinder ihn nicht wiedererkennen würden, sollte er sie denn je zurückbekommen. Er dachte daran, wie sie an diesem Tag hinausgefahren waren auf die offene See. Er betete, dass sie irgendwo da draußen in ihrem Boot die Nacht überstehen würden. Morgen würden die Boote wieder auf dem Meer sein und sie vielleicht finden. Er sah schon ihre erleichterten Gesichter, wenn die Fischer sie entdeckten und an Land brachten. Wie sie über den Strand liefen, um zu ihm zu gelangen und ihn in ihre Arme zu schließen. Das war das Letzte, woran er dachte. Dann schlief Sal ein.

Als er seine Augen wieder öffnete, schaute er in das Blau, das die Sonne über ihn erstrahlen ließ. Verwundert starrte Sal in den Himmel. Es dauerte etwas, bis er die Orientierung wiederfand. Gerade fiel ihm die merkwürdige Begegnung mit den sechs Gestalten vom vorigen Abend ein, als er zwei Jungen wahrnahm, die sich ihm näherten. Als er sich umwandte, sah er, dass es Rhu und Cah waren, die auf ihn zuliefen. Seine beiden Kinder waren wieder da. Sie hatten zurückgefunden und rannten den Strand entlang, um in seine Arme zu fallen. Der Albtraum war vorbei. Dass er gerade erst angefangen hatte, bemerkte Sal in dem Moment, als einer der Jungen kurz vor ihm Halt machte und schließlich fragte: „Wer seid Ihr?“

Kapitel 13

Der Fremde, den die Welt einmal als Sal gekannt hatte, stieg über den Sandweg die dunklen Steinbrocken hinauf zu der Fischerhütte, in der Deon wohnte. Er hatte den alten Fischer seit dem Vorabend nicht mehr gesehen, als dieser ihn zum Strand hinter den Felsen geschickt hatte. Dort hatte er diese merkwürdigen Gestalten getroffen, die ihm seine beiden Söhne Rhu und Cah wiederbringen wollten. Waren es wirklich die Seelen der Verstorbenen gewesen, die er getroffen hatte und über die man sich so viele Geschichten in dem Fischerdorf erzählte? Sal wollte es immer noch nicht glauben.

Aber er hatte begonnen, ihre Worte etwas ernster zu nehmen, nachdem er am nächsten Morgen von niemandem mehr erkannt worden war. Von seinen Söhnen am Strand gefunden zu werden, ohne sie in die Arme schließen zu können, bedeutete eine unendliche Qual für ihn. Nur mühsam hatte er sie zu überspielen gewusst. Schnell hatte Sal sich an seinen Schwur erinnert. Nur der Gedanke, seine Söhne nochmals an die See zu verlieren, weil er seine wahre Identität nicht verschwieg, hielt ihn davon ab, etwas zu sagen. Jedenfalls nicht, solange er nicht den Grund für all das herausgefunden hatte, was geschehen war. Warum nur konnte sich niemand mehr an ihn erinnern?

Er stand wieder vor dem Eingang der verwitterten Behausung und blickte erneut auf das Meer. Seine Söhne hatte die See wieder freigegeben. Aber die Erinnerung an ihn schien sie behalten zu haben. Er wollte sich gerade ein paar Sätze für den Alten zurecht legen, als dieser ebenso plötzlich in der Tür seiner Hütte stand, wie schon am Abend zuvor. „Du bist wieder spät dran, Junge. Warst du nochmals bei der alten Frau?" Sal sah den Fischer entgeistert an. Erkannte er ihn etwa? Woher wusste er, dass Sal zuvor der korpulenten Dame begegnet war, die er bereits am Vorabend vor dem Besuch des Alten aufgesucht hatte. Gestern hatte sie ihm kaum die Tür aufgemacht und ihn schließlich hierher zu dem alten Fischer geschickt. Heute wohnte sie bei seinen Kindern und wurde von ihnen Tante genannt. Sal verstand das alles nicht. In dieser Welt hatte sich mehr verändert als nur die Erinnerung an ihn, die es nicht mehr gab. Hatte der alte Mann eine Erklärung dafür?

Wie immer war der seltsame Kauz bereits in seiner Hütte verschwunden, so dass Sal ihm erneut folgen musste, wenn er etwas in Erfahrung bringen wollte. Diesmal hing kein Topf mit Suppe über dem Feuer. Dafür hatte der Alte Tee gemacht. Hatte er ihn wieder erwartet? Sal musste vorsichtig sein. Er hatte geschworen, nichts über sich oder die Geschehnisse am Strand hinter den Felsen zu erzählen. Aber der Alte sah wohl seine Gedanken.

„Ich habe dich dorthin geschickt. Ich weiß, was sie mit einem machen. Du brauchst also nicht so tun, als würden wir uns nicht kennen.“ Er reichte Sal eine Tasse Tee und bedeutete ihm, sich zu setzen. Als er sah, dass Sal immer noch unsicher war, schüttelte er nur leicht den Kopf. „Sie haben es dir ja wirklich eingetrichtert, das mit dem Schwur.“ Sal zögerte noch. Wusste der Alte wirklich von seinem Versprechen? „Keine Sorge, für mich gilt das nicht. Ich weiß, wer du bist, Sal.“ Ein wenig Erleichterung trat auf Sals Gesicht. Immerhin gab es nun jemanden, der sich an ihn erinnerte. Aber er verstand das alles immer noch nicht. „Wieso könnt Ihr mich erkennen, aber niemand sonst?“

„Nun, sie brauchen immer jemanden, der einem das Kleingedruckte vorliest. Der dir erklärt, wie man von dem Fluch wieder loskommt“, sagte der Alte. Dass es eigentlich um einen ganz anderen Fluch ging, behielt er dabei besser für sich. „Ihr meint, dass sich niemand auf der Welt mehr an mich erinnert?“, fragte Sal verunsichert. „Natürlich. Von welchem Fluch willst du sonst loskommen, damit du deine Kinder wieder in die Arme schließen kannst?“ Sals Herz machte einen Sprung. Es gab also noch Hoffnung!

„Was sie verlangen ist weitaus schwieriger, als sich damit abzufinden, dass die Welt einen nicht mehr erkennt.“ Sal stutzte. „Wenn sie eigentlich etwas ganz anderes von mir gewollt haben, warum haben sie mich nicht gleich darum gebeten?“ Der Alte grinste und zeigte dabei seine kaputten Zähne. Der junge Mann war schlau. Vielleicht hatte er doch eine Chance, das zu erreichen, was schon seit Hunderten von Jahren jedem vor ihm verwehrt geblieben war.

„Weil es länger dauert als nur eine Nacht, in der man einen Schwur leisten kann." Sal hörte dem Fischer aufmerksam zu. „Weil es unwahrscheinlich ist, dass du es schaffen wirst." Der Alte sah, dass Sal noch immer nicht überzeugt war. „Weil du mehr Zeit für diese Aufgabe brauchst, als sie deine Kinder hätten auf der See behalten können." Diese letzte Bemerkung machte Sal nachdenklich, aber Deon sprach schon weiter. „Deine Jungen wären am nächsten Morgen ohnehin von selbst zurückgekehrt. Sie können niemanden zwingen, bei ihnen zu bleiben." Sal sah den Alten ungläubig an. Er merkte, wie langsam Wut in ihm aufstieg. „Das hast du gewusst? Dann war es eine Falle, in die du mich gelockt hast? Warum?" Sal war schon dabei, den Alten anzugehen, aber der wich zurück. „Auch ich bin an sie gebunden!", sagte er und hob abwehrend die Hände. Sal hielt inne. „Wieso?", fragte er. Doch der Alte schaute nur resigniert zu Boden. „Darüber darf ich genauso wenig reden wie du." Er hätte dem jungen Mann gerne alles erzählt. Aber noch war dafür nicht die Zeit. Er konnte nur hoffen, Sal würde sich der Aufgabe stellen, für die er von *ihnen* auserwählt worden war.

„Wenn sie meine Kinder gar nicht freigegeben haben, dann muss ich mich auch nicht an meinen Schwur halten", stieß Sal nach einer Weile hervor. Bedauernd schüttelte der Alte den Kopf. „Den Schwur hast du freiwillig geleistet. Niemand hat dich gezwungen." *Freiwillig. Für etwas, das ohnehin geschehen wäre.* Wieder wurde Sal wütend. Mit dem AllEins und dem Sternenstaub, von dem seine Großmutter einst gesprochen hatte, hatten diese Gestalten aus der letzten Nacht jedenfalls wirklich nichts gemein. Falls es sich bei ihnen überhaupt um die Seelen irgendwelcher Verstorbener handeln sollte. Sie schienen Sal eher eine Bande von Betrügern zu sein, die das Schicksal fremder Menschen für sich auszunutzen wussten.

„Sie sind verzweifelt“, sagte Deon. Sal hob den Kopf. Verständnislos schaute er den alten Fischer an. „Das ist der Grund, warum sie immer wieder jemanden für diese Aufgabe suchen.“ „Sie hätten fragen können.“ Der Alte nickte. „Ja, vielleicht. Aber hättest du ihnen wirklich geholfen?“ Sal schaute den Fischer bei diesem Satz fest an. Nun kam ihre Unterhaltung endlich zum Kern der Sache. „Was muss ich tun?“, fragte er, doch der Alte hielt einen Moment inne. Er schwieg eine Weile, ehe er die richtigen Worte fand, um dem jungen Mann beizubringen, was ihn erwartete.

„Sie wollen, was alle verlorenen Seelen wollen.“ Sal schaute den Alten fragend an. Noch einmal machte Deon eine lange Pause, bevor er schließlich weitersprach. „Sie wollen gerettet werden.“

Kapitel 14

Sorgenvoll schaute der Steuermann dem kleinen Rettungsboot nach. Er selbst hatte alle Mühe, das Schiff auf Kurs zu halten. Aber die kleine Nussschale vor ihm auf dem Meer drohte, bei jedem Meter umzukippen, den die drei Seeleute dem Großsegel näher kamen. Die Wellen waren so hoch, dass die Männer immer wieder außer Sicht gerieten. Der Steuermann fürchtete jedes Mal, wenn sich die Meereswogen wieder legten, das Wasser könnte sie bereits ganz verschluckt haben, und war froh, dass dem nicht so war.

Auf dem Boot saß voller Angst der Küchenmeister und wusste nicht, wie ihm geschah. Koch in einem Restaurant an Land hatte er werden wollen. Aber noch mehr strebte er nach Anerkennung. Die Liebe zu seinem Vater, einem stolzen Kapitän, war es, die ihn an Bord gebracht hatte. Von ihm wollte er geliebt werden. Deshalb fuhr er zur See. Er hatte es dem Steuermann irgendwann erzählt. Der Schiffsjunge und er waren die einzigen Freunde, die der stämmige Smutje auf der Reise gefunden hatte. Verängstigt hatte die Mannschaft ihn aus seiner Kombüse an Deck gezerrt und zum Rettungsboot gebracht, wo die zwei Freiwilligen und der erste Mann des Kapitäns bereits auf ihn gewartet hatten. „Bestraft mich nicht für seine Botschaft", hatte er gestammelt und dem Steuermann schnell noch unbemerkt einen Zettel zugesteckt, den der Schiffsjunge ihm gegeben hatte. Dann wurde er zu den zwei anderen in das kleine Boot gesetzt. Verständnislos hatte der Erste ihm hinterhergeschaut. Aber alles hatte schnell gehen müssen und so konnte der Steuermann jetzt nur beten, dass die Rettungsmannschaft erfolgreich wieder zurückkäme, um den Koch befragen zu können, was er mit diesem Satz gemeint hatte. Doch dazu sollte es nicht mehr kommen.

Der korpulente Smuud hingegen war sich sicher, dass er nur auf das kleine Ruderboot geraten war, weil er zu viel wusste. Sollte es eine Drohung sein, dass ihm noch Schlimmeres zustoßen könnte, wenn er reden würde? Er hatte wenig Zeit, sich darüber weitere Gedanken zu machen, denn das Boot schaukelte bedrohlich. Die Wellen standen hoch wie Wände, als sie endlich das Großsegel erreichten, das mit den beiden Matrosen noch immer im Wasser trieb. Nun kam der gefährlichste Teil ihrer Mission.

Unter starkem Schwanken versuchte einer der Matrosen, mit dem Ruder seine Kameraden im Wasser zu erreichen. Vom Schiff aus verfolgte die Mannschaft gebannt dieses Schauspiel, das immer wieder durch die meterhohen Wellen unterbrochen wurde, die ihnen die Sicht nahmen. Gerade noch hatte einer der Ertrinkenden das Ruder erfassen können, dann war nichts mehr zu sehen. Als das Meer den Blick wenige Augenblicke später erneut freigab, schwamm er wieder allein im Wasser. Kostbare Zeit verging, und die Kräfte der beiden von Bord Gegangenen ließen allmählich nach. Die Männer im Boot mussten nun alles wagen, wenn sie nicht nur mit einem Stück Stoff zurückkehren wollten. Bevor sich die nächste Woge aufbaute, sah die Mannschaft, wie sich die beiden Matrosen weit nach vorne beugten, um das Ruder noch einmal auszubringen und die in Not Geratenen zu erreichen. Der Koch hatte sich ganz zurückgelehnt und hielt sich fest, so gut er konnte. Dann wurde die Szene vom nächsten Wellental verschluckt und verschwand ganz aus dem Blickfeld der Mannschaft. Gebannt wartete sie darauf, dass die Wand sich legte und die Sicht wieder möglich machte. Stille setzte ein. Das Meer schien selbst den Sturm verschluckt zu haben, und für einen kurzen Moment war nicht einmal mehr der Wind zu hören.

Als sich das Wasser zurückzog und der Schauplatz wieder sichtbar wurde, war nur noch das Segel zu sehen. Wie ein Blut durchtränktes Grabtuch lag es auf dem Wasser. Das Boot und die fünf Seeleute hingegen waren verschwunden. Entsetzen erfasste die Mannschaft, und ein Raunen ging durch ihre Reihen. Der Tod blickte sie förmlich an. Ihr Kapitän hatte das nicht zu verhindern gewusst. Ergriffen wandten sich einige ab. Furcht war es, die sie nun erfasste. Allen voran dem Schiffsjungen wurde Angst und Bange.

Der Steuermann senkte den Kopf. Warum hatte er das alles zugelassen? Aber was hätte er auch tun sollen? Gegen den Befehl seines Kapitäns war er machtlos. Brand jedoch stand immer noch auf der

Brücke und starrte auf das rote Tuch, das langsam in der See verschwand. Er hatte seinen erfahrenen ersten Mann von der Rettung zurückgehalten und stattdessen den unbeholfenen Koch geschickt. Der Kapitän ahnte, dass er für das, was er getan hatte, einen hohen Preis würde zahlen müssen.

Kapitel 15

„Wie soll ich eine verlorene Seele retten?" Sal wusste nicht, wie ihm zumute war. Erst glaubte er, seine Kinder an die See verloren zu haben, dann erkannten sie ihn nicht mehr wieder, und nun erzählte ihm der wirre alte Kauz, er müsse verlorene Seelen retten, damit seine Welt wieder in Ordnung käme. „Genau genommen sind es sieben Seelen, die du retten musst." Sals Augen weiteten sich. „Wie soll das gehen? Ich weiß ja noch nicht einmal, wie man auch nur eine einzige Seele rettet."

„Im Grunde geht es um das Leid." Der Alte goss noch etwas Tee nach. „Die Menschen, die sie einmal waren, haben gelitten. Ihnen allen wurde Unrecht angetan." Sal hörte aufmerksam zu. „Sie wurden aus dem Leben gerissen, noch ehe sich das erfüllte, wonach sie im Leben strebten." Der junge Mann runzelte fragend die Stirn, als der Alte auch schon weitersprach. „Liebe. Wir streben alle nach Liebe in irgendeiner Weise. Manchmal ist es bloß die Anerkennung, die wir uns wünschen, also die Liebe der anderen. Ein anderes Mal ist es die Liebe zu sich, das Selbstvertrauen, das man noch erlangen muss. Oft handelt es sich aber um die Liebe zu einem anderen Menschen, sei sie noch unausgesprochen, unerfüllt oder gar enttäuscht." Dass es auch Schuld sein konnte, die eigenes Leid verursachte, erzählte ihm Deon nicht.

Sal fragte sich, wie der seltsame Fischer das alles wissen konnte. Zudem kamen ihm wieder Zweifel an dem, was der alte Kauz da von sich gab. „Aber es gibt viele Menschen, die in ihrem Leben nicht das erreichen, wonach sie streben, da muss es noch nicht einmal um die Liebe gehen. Warum sollte das gleich eine Seele gefangen nehmen?" Der Alte schmunzelte. Der junge Mann war wirklich klug. Er nahm einen Schluck Tee und ließ sich Zeit, ehe er darauf einging. „Das ist richtig. Das Scheitern ist auch nicht das, was sie an diese Welt noch bindet." Der Fischer wurde auf einmal ganz still. Leise sprach er weiter. „Sie können nicht verzeihen. Das ist es, was sie nicht ruhen lässt." Sal neigte den Kopf leicht zur Seite. Er verstand nicht recht. „Was sollten sie verzeihen?" Mit traurigen Augen schaute ihn der Alte an. In diesem Moment schienen es Sal die gleichen glasigen Augen zu sein, die er am Abend zuvor bei den Nebelgestalten gesehen hatte. „Dass sie ohne ihre Schuld aus dem Leben gerissen wurden. Dass sich nicht erfüllen konnte, was sie sich wünschten, weil sie zu früh sterben mussten." Sal verstand noch immer nicht ganz. Ihm schien es, dass der Alte ihm schon wieder nicht alles erzählte, was er über das Schicksal dieser Menschen wusste. „Deshalb sind sie an diese Welt gebunden. In jedem neuen Leben, das sie führen, suchen sie nach dem, was sie einst angestrebt haben, und müssen dennoch immer scheitern." Der Alte schien erschöpft zu sein. Mit

Tränen in den Augen beendete er seine Ausführungen. „Sie können nicht finden, wonach sie suchen, weil das ihr Schicksal ist. Nur, wenn sie verzeihen können, was ihnen einmal angetan wurde, werden sie ihren Frieden finden." Müde schaute er Sal an. „Es geht darum loszulassen."

Sal war nicht sicher, ob er alles verstanden hatte. Aber nachdem der Alte seine Rede beendet hatte, machte sich wieder Hoffnungslosigkeit in ihm breit. „Wie soll ich etwas schaffen, wozu diese Menschen selbst nicht einmal imstande sind? Ich kenne ihr Schicksal doch gar nicht. Gestern Abend bin ich ihnen zum ersten Mal begegnet." Der Alte hob den Kopf. Er hatte sich wieder gefasst und sah Sal ruhig an. „Es geht nicht um die Erscheinungen aus der Nacht. Es geht um die Leben, die sie inzwischen führen. Den Menschen, die sie heute sind, musst du helfen. Denen ist der Grund für das Leid ihrer Seele gar nicht bewusst."

Sal war zunehmend verzweifelt. Nicht nur, dass er keine Ahnung hatte, wie er seine Aufgabe angehen sollte, nun wusste er noch nicht einmal, welchen sieben Menschen er genau helfen sollte. „Sie leben schon lange unter euch. Du kennst sie, seitdem du auf der Welt bist. Sie sind immer noch Teil von Paternoster und eurer Dorfgemeinschaft. Du musst sie nur finden." Sal hatte keine Ahnung, um wen es sich dabei handeln könnte. Für ihn war es bereits abwegig genug, dass die Erscheinungen vom Vorabend die Seelen von Menschen sein sollten, mit denen er in seinem Fischerdorf zusammenlebte. „Sagt mir, wer sie sind." Aber der Alte verwies wieder nur auf seinen Schwur, den auch er nicht brechen durfte. Sal senkte mutlos den Kopf. „Wie soll ich sie dann finden?“

Der seltsame Fischer schaute zum Fenster hinaus. Der Nachmittag hatte inzwischen begonnen und es wurde langsam Zeit für ihn, auf die See hinauszufahren. Bevor er aufbrach, um das zu tun, was das Leben ihm aufgegeben hatte, sah er erneut den jungen Mann an. „Es gibt einen Weg, aber der ist nicht einfach.“ Bei diesen Worten hatte er sich erhoben. Sal beobachtete ihn, wie er ein paar Sachen zusammenpackte. Dann machte sich der Alte auf zu gehen. Er stand schon in der Tür, da wandte er sich noch einmal um. „Komm mit, Junge, ich zeige ihn dir.“

Kapitel 16

Schnell waren der alte Fischer und Sal den Weg über die Felsen zum Wasser hinuntergelaufen. Sie kamen wieder an den verbotenen Teil des Strandes, an dem Sal am Abend zuvor den Erscheinungen begegnet war. Etwas weiter entfernt von der Stelle lag das Boot des Alten. Sie gingen geradewegs darauf zu.

Sal verstand nicht, was Deon vorhatte. „Dieser Strand ist ein ganz besonderer Ort. Seine Geschichte hat ihn dazu gemacht. Sie liegt schon Jahrhunderte zurück." Der alte Fischer wirkte ergriffen. Als habe er selbst eine Erinnerung an die Ereignisse, von denen er gerade sprach. „Was ist passiert?", fragte Sal. Schnell hatte sich der Alte wieder gefasst. „Das spielt keine Rolle", beschied er ihm kurz. „Wichtig ist allein, dass du hier einen Zugang finden kannst." Dann machte er eine Pause. Sal verstand nicht. „Einen Zugang zu was?" Sal hatte bereits in der Nacht zuvor bemerkt, dass es nicht nur der Mond gewesen war, der diesen Teil des Strandes zu etwas Seltsamen gemacht hatte. Es lag noch nicht einmal an den Gestalten, die Sal an dieser Stelle erschienen waren. Der Strand erzählte wirklich eine Geschichte. Das konnte Sal fühlen. Ein Schauer jagte durch seinen Körper, als Deon antwortete: „Der

Ort gewährt einem den Zugang zum AllEins." Sal sah das Bild seiner Großmutter, während der Alte unbeirrt weitersprach. „Zu dem Göttlichen in uns, zu der Energie des Universums, du kannst es nennen, wie du willst." Deon ließ erneut eine Weile verstreichen, bevor er wieder das Wort ergriff. „Dieser Ort lässt dich die Seelen der Menschen spüren, wenn du achtsam genug bist." Dann blickte er ihn ernst an. „Manchmal kannst du sie sogar sehen." Sal dachte an die Gestalten im Nebel und dann wieder an seine Großmutter. „Wie kann es sein, dass sich die Energie, die das Weltall durchströmt, ausgerechnet hier besonders wahrnehmen lässt?" Der Alte stockte kurz. „Wie ich schon sagte, die Geschichte dieses Ortes ist die Ursache dafür."

Sal wusste, dass es wenig Zweck hatte, weiter nachzuforschen. Der Alte schien seine Gründe zu haben, warum er kein Wort mehr dazu sagte. Wahrscheinlich hatte es mit seinem Schwur zu tun, dass er auch zu dieser Sache schwieg. „Wie hilft mir das dabei, die Menschen zu finden, deren Seelen ich retten soll?" Deon schaute zum Horizont. Die Nachmittagssonne stand schon tief und er würde seine Aufgabe nicht erfüllen können, wenn er jetzt nicht bald aufbrach. Also machte er sein Boot bereit, während er noch überlegte, wie er dem jungen Mann am besten helfen konnte.

Schließlich wandte er sich noch einmal an Sal. „Ich hatte dir bereits gesagt, dass du achtsam sein musst." Seine Augen blickten Sal bei diesen Worten durchdringend an, und eine Ewigkeit verging. Der Alte starrte immer noch. Es war kaum auszuhalten. Dann fühlte Sal plötzlich etwas. Emotionen längst vergangener Zeiten kamen in ihm hoch. Der Zustand war seltsam. Ihn erfassten Gefühle, die nicht aus seinem Leben zu kommen schienen.

„Du spürst sie schon, nicht wahr?", fragte Deon, als er es bemerkte. Sal verstand nicht recht. Immer noch ganz ergriffen von diesem Sturm fremder Empfindungen, verzerrte sich plötzlich sein Gesicht vor Schmerz. Er kniff die Augen zusammen. Dann riss er sie sogleich wieder auf, als strömten die unterschiedlichsten Wahrnehmungen durch ihn hindurch, die doch nicht seine eigenen waren. Unverständnis trat in seinen Blick. Es brachte die Verwirrung zum Ausdruck, die in ihm tobte.

„Ja, du spürst sie", wiederholte Deon, als könnte er selbst fühlen, was in Sal vor sich ging. „Was spüre ich?" Sal konnte sich kaum zurückhalten. So ergriffen von vollkommen fremden Gemütszuständen hatte er sich noch nie gefühlt. „Die verlorenen Seelen." Der Alte beobachtete Sal bei diesen Worten. Er musterte ihn. Jede Regung versuchte der Fischer zu erfassen, bevor er weitersprach. „Du spürst ihre Qual." Dann schwieg er. Sal empfand etwas Seltsames bei diesen Sätzen. Die Worte fühlten sich richtig an. Etwas Fremdes hatte von ihm Besitz ergriffen. Etwas, das nicht zu ihm gehörte und das er doch so empfinden konnte, als wäre es ihm selbst widerfahren. Fragend schaute er den Alten an.

„Wenn du achtsam genug bist, wirst du diesen Schmerz in den Bewohnern erkennen, denen du in deinem Dorf helfen musst." Sal spürte dem Gefühl in sich nach, das langsam wieder verblasste. Der Alte sah ihn streng an. „Vergiss nicht, dass es sieben Menschen sind, die es zu finden gilt. Sieben Seelen musst du retten. Erst dann wird sich Paternoster wieder an dich erinnern können.“ Sal dachte dabei an seine Kinder.

Deon musterte den Jungen erneut. Er wusste, dass er nicht im Ansatz verstand, worum es bei dieser Aufgabe ging. Er überlegte, ob er dem Jungen wirklich weiter den Weg weisen sollte oder ob es nicht besser war, es gut sein zu lassen. Er hatte Sal für verständiger gehalten. Aber offenkundig hatte dieser junge Mann nicht die geringste Vorstellung davon, was ihm bevorstand. Nervös blickte der Alte zum Horizont. Die Zeit lief ihm wieder einmal davon. Wenn er dem Jungen noch weiter helfen wollte, dann musste er jetzt schnell handeln.

Kapitel 17

Brand hatte sich nach dem Vorfall in seine Kapitänskajüte zurückgezogen. Der Sturm hatte für einen Augenblick etwas nachgelassen. Als hätte das Meer seinen Tribut bekommen und dem Schiff für dieses Opfer ein wenig Ruhe gewährt. Im Schein einer Kerze nahm der Kapitän seinen Logbucheintrag vor. Noch nie hatte er einen Mann auf See verloren. Nun waren gleich fünf ertrunken. Aber selbst ein solches Opfer war es wert gewesen. Trotzig kritzelte der Kapitän ihre Namen in das Buch. Denn für Brand bedeuteten diese Leben nichts gegenüber dem, das er zu schützen versuchte.

Es klopfte an der Tür. Der Kapitän legte das Logbuch in eine kleine Kiste und verschloss sie. Dann rief er seinen ungebetenen Gast herein. Er hatte nach niemandem geschickt, aber er ahnte, wer ihn aufsuchen würde. Der Steuermann stand noch nicht ganz in der Tür, da empfing ihn Brand auch schon mit abweisenden Worten. „Ich habe nicht nach Euch schicken lassen." Ihm war klar, weswegen sein erster Mann gekommen war, und der Kapitän hatte wenig Interesse an dieser Unterhaltung. Beide wussten, dass Brand nicht von seinem Ziel abzubringen war.

„Die Männer sind in Aufruhr. Ihre Moral ist am Ende. Wir sollten die Küste ansteuern und haltmachen, solange der Sturm uns lässt." Brand blickte nicht von seinem Tischchen auf. Er hatte eine Karte zur Hand genommen und begann demonstrativ, die weitere Route zu berechnen. „Dann riskieren wir, zu spät zu kommen", antwortete er kurz. Der Steuermann biss sich auf die Lippen. Fünf Männer waren gerade gestorben für das aussichtslose Unterfangen, ihre Reise pünktlich abzuschließen, und dem Kapitän ging es immer noch darum, Kapstadt um jeden Preis rechtzeitig zu erreichen. „Zu spät wofür?", stieß er hervor und wusste, dass er sich auf gefährliches Terrain begab. Der zornige Blick des Kapitäns traf ihn augenblicklich. Wäre es dessen Faust gewesen, wäre der Steuermann sofort zu Boden gegangen. „Für den vollen Sold!" Der Kapitän ließ diesen Satz wie eine letzte Warnung klingen. Einen Moment hielt der Steuermann an sich. Er wusste nur zu gut, worum es dem Kapitän in Wirklichkeit ging, auch wenn sie nicht darüber sprachen. Er dachte an die fünf Männer. Nicht alle kannte er gut. Außer von dem Koch wusste er nur noch von zweien ein wenig darüber, warum sie sich auf diese Fahrt eingelassen hatten. Sie brauchten tatsächlich den Sold. Aber ihre Motive waren deshalb nicht weniger ehrenrührig als die des Kapitäns. Als sein erster Mann daran dachte, dass es beinahe den Schiffsjungen getroffen hätte, und er sich vorstellte, dieser läge jetzt mit den anderen auf dem Meeresgrund, konnte er sich nicht mehr zusammenreißen. „Jetzt sind es ja fünf weniger, mit denen wir teilen müssen. Da genügt bestimmt auch ein geringerer Lohn.“ Die Worte waren wie ein Angriff. Brand konnte das nicht zulassen. Mit solchen Sätzen begann häufig das, was später in einer Meuterei endete. „Ihr wisst genau, warum wir pünktlich in Kapstadt zu sein haben, Steuermann.“ Der Kapitän hatte sich dabei erhoben und stand nun vor seinem Schreibtisch, bereit, jeden Widerstand schon im Keim zu ersticken. Sein erster Mann hatte vergessen, was für ein Koloss der Kapitän war. Die riesige Gestalt, die ihm gegenüberstand, erinnerte ihn daran, welchen Platz er auf diesem Schiff einnahm. Matt senkte er seinen Blick. „Ich weiß, dass auch für Euch das Leben über alles geht.“ Augenblicklich verschwand der Zorn aus den Augen des Kapitäns. Milde trat in seinen Blick. Auch ein wenig Wehmut war darin zu sehen. Dann fasste er sich wieder.

Brand ging hinüber zu einem Schränkchen, als wäre er nur deswegen aufgestanden. „Lasst uns auf ihre Seelen trinken, alter Freund.“ Er holte eine Flasche daraus hervor und goss ihnen beiden ein. Dem Steuermann war wenig nach Trinken zumute, aber er wollte dieses Friedensangebot auch nicht ausschlagen. Der Rum sah stark aus und er hoffte, er würde helfen, seinen Kapitän zum Einlenken zu bewegen. „Auf ihre Seelen!“, prostete Brand ihm zu, und sein erster Mann erwiderte diesen Toast.

Der Fusel brannte wie Feuer. Der Kapitän genehmigte sich noch einen zweiten, und nachdem sie sich wieder an den Tisch begeben hatten, saßen sie sich eine Weile gegenüber und schwiegen. Die See draußen wurde wieder rauer, und als hohe Wellen das vergitterte Fenster der Kapitänskajüte trafen, ergriff der Steuermann erneut das Wort. „Wir haben das Großsegel verloren. Lasst uns den nächsten Hafen anlaufen und Ersatz beschaffen. So erreichen wir noch am ehesten Kapstadt in der vorgegebenen Zeit mit unserer Fracht." Der Kapitän wollte gerade darüber nachdenken, da unterbrach das starke Läuten der Schiffsglocke ihre Unterhaltung. Schnell begaben sie sich nach oben. Als sie wieder an Deck standen, wussten beide, dass sich eine Antwort erübrigt hatte. Vor ihnen hatte sich ein schwarzes Monster aufgebaut, das schlimmer war als alle Stürme, denen sie bislang getrotzt hatten. Diesem Orkan würden sie nicht mehr entkommen können.

Kapitel 18

„Bitte!“ Sal versuchte, sich zusammenzunehmen. „Erklärt mir, wie ich diesen Menschen helfen soll, wenn ich sie finde. Worum geht es bei diesem Schmerz, den ich eben gespürt habe?“

„Nun gut“, lenkte der Fischer ein. Er würde dem jungen Mann mehr erzählen müssen, wenn sein Unterfangen nicht gänzlich aussichtslos bleiben sollte. „Die Seelen, die in ihnen weiterleben, konnten einst ihr Schicksal nicht akzeptieren. Sie sind an diese Welt gebunden, weil sie nicht loslassen können.“ Das hatte ihm der Alte schon oben in der Hütte erzählt. Aber Sal verstand immer noch nicht, wie er die Menschen heute von ihrer Qual befreien konnte. „Die Bewohner deines Dorfes, die ihre Seelen in sich tragen, müssen daher dasselbe Leid in ihrem Leben erfahren wie einst die Verstorbenen. Aber ihr Schicksal kannst du noch ändern. Du kannst ihren Schmerz heilen und damit den ewigen Kreislauf durchbrechen, der ihre Seelen auf dieser Welt gefangen hält.“

Nun verstand Sal allmählich. Aber wie sollte das genau gehen? Wie konnte er das Leid dieser Menschen lindern? „Heilung bedeutet nicht, dass du ihre Empfindungen, die du eben an diesem Strand selbst erlebt hast, vertreiben sollst. Heilung bedeutet, dass du die Ursache für dieses Leiden in ihrem Leben finden musst. Erst dann kannst du diesen Menschen helfen. Der Grund für ihren Schmerz ist der Ausgangspunkt, um die Seele in ihnen wieder in Balance zu bringen. Es geht um das Gleichgewicht, das sie verloren haben. Taumelnd durchschreiten sie ihr Leben und werden so doch nie wirklich vorankommen. Wenn es dir gelingt, sie auf ihre innere Mitte auszurichten, gelangen diese Menschen wieder auf den Pfad zum Seelenfrieden.“ Sal hatte Deon aufmerksam zugehört. Nun aber machte sich seine Anspannung bemerkbar.

„Das hört sich nach einer fast unmöglichen Aufgabe an“, wandte er sich an den Alten in der Hoffnung, noch ein wenig mehr Hilfe zu erhalten. Aber der sah ihn nur kurz an. Dann beschied er ihm kühl: „Ich sagte ja bereits, der Weg ist kein einfacher.“ Doch sofort spürte er eine tiefe Hoffnungslosigkeit, die sich nun wieder in Sal breitmachte. Kurz wandte der alte Fischer seinen Blick noch einmal um und sah auf das Meer. Die Nachmittagssonne stand schon tief. Nicht mehr lange und sie würde die See in ein blutiges Rot tauchen.

„Also gut“, sagte Deon rasch. „Du hast dich in Gedanken mit diesem Ort verbinden können. Du hast ihre Seelen gespürt und die Qual, die in ihnen steckt. Wenn du genug acht gibst, kannst du in deinem Geist zwei der Kräfte mitnehmen, die an diesem Ort herrschen. Sie werden dir nützlich sein.“ Sal schaute auf. Der Alte schien ihm wirklich helfen zu wollen. „Von welchen Kräften sprichst du?“ Der seltsame

Fischer wählte seine nächsten Worte mit Bedacht. „Es sind zwei der großen Mächte, die im Universum wirken: der Raum und die Zeit." Sal verstand nicht recht. „Dieser Strand bietet dir auch zu ihnen einen besonderen Zugang. Was du hier spüren kannst, geht über das Hier und Jetzt hinaus. Diese Kräfte haben an diesem Platz nicht die Bedeutung wie an anderen Orten. An diesem Punkt im Universum kannst du beinahe wahrnehmen, dass Raum und Zeit nur Illusionen sind, die dich beherrschen wollen. Wenn du das verstehst, kannst du sie dir Untertan machen."

Sal war sich nicht sicher, ob er dem Alten noch folgen konnte, doch dieser fuhr schon fort: „Konzentriere dich, und in deiner Vorstellung kannst du mit den Menschen, deren Seele du retten willst, an jeden Ort und zu jedem Augenblick in ihrem Leben reisen. Egal, ob er in der Zukunft oder in der Vergangenheit liegt. Wenn es für ihre Rettung nützlich ist, wird dir das möglich sein." Langsam meinte Sal, der alte Fischer habe nun doch seinen Verstand verloren. Was er ihm über die Seelen und diesen Ort erzählt hatte, war schon schwer genug zu akzeptieren, aber dass er nun Zeit und Raum überwinden konnte, mochte Sal nicht mehr glauben.

„Es passiert nur in deinen Gedanken", schränkte der Alte ein, als er die Zweifel des jungen Mannes sah. „Du tust es aus Liebe. Aus Liebe zu deinen Kindern." Gütig sah Deon ihn an. „Du solltest nicht vergessen, dass sich mit der Liebe immer Zeit und Raum überwinden lassen." Dem Alten schien es, als habe er das nun schon zum dritten Mal versucht, jemandem beizubringen. Aber das war jetzt unerheblich.

Er wollte schon aufbrechen, da hielt Sal ihn noch einmal zurück. „Helft mir wenigstens, einen Anfang des Weges zu finden. Nennt mir einen Menschen, mit dem ich beginnen kann." Der Alte hatte bereits zu viel gesagt. Seine Zeit war dabei abzulaufen. Die Sonne näherte sich gefährlich dem Horizont. So spät war er noch nie aufgebrochen. „Vielleicht hast du Anfängerglück. Aber auch das hat einen hohen Preis." Bei diesen Worten des Alten schöpfte Sal wieder etwas Hoffnung. „Dann sagt mir einen Namen. Ich zahle auch diesen Preis." Der Alte wusste, dass es nun nicht mehr an ihm war, darüber zu befinden. „Den Preis wirst nicht unbedingt du zahlen müssen", sagte er noch schnell. Wenn das Universum für den jungen Mann Anfängerglück bereithielt, würde es selbst entscheiden, wer dafür aufkommen musste.

Deon machte sich nun schnell daran, sein Boot vom Strand ins Wasser zu schieben. Jetzt galt es, keine Zeit mehr zu verlieren. Sal schaute ihm hilflos zu. „Sagt mir doch, wie ich diese Seelen finden soll! Wie erkenne ich ihren Schmerz und wie kann ich ihnen helfen, ihr Gleichgewicht wiederzuerlangen?" Sal schossen tausend weitere Fragen durch den Kopf. Ihm schien, als hätten die Worte des alten Fischers ihn vor noch größere Herausforderungen gestellt.

„Du findest einen Weg oder du findest ihn nicht." Der Alte konnte keine Zeit mehr auf den jungen Mann verschwenden. Er hatte ihm mehr erklärt, als jedem anderen zuvor. Wenn das nicht reichte, würde es niemals ein Mensch schaffen, die verlorenen Seelen zu retten. Deon dachte dabei auch an den Fluch. Er hatte sein Boot bereits zu Wasser gelassen und war gerade dabei, auf das Meer hinauszurudern, da blickte er den Jungen noch ein letztes Mal sehr eindringlich an. „Sieben Seelen, hörst du?", wiederholte er seine Worte. „Aber mit jeder, die du zu retten vermagst, wird die Herausforderung größer."

Mit leerem Blick verfolgte Sal, wie der Alte dabei immer kräftiger in die Ruder griff und mit wenigen Schlägen sich bereits weit vom Strand entfernt hatte. „Sieben Seelen, keine weniger", war das Letzte, was Sal noch von ihm hörte. Dann war der Fischer außer Sichtweite. Sal hätte alles darum gegeben, wenigstens mit einer einzigen Seele beginnen zu können. Aber er hatte nicht die geringste Ahnung, wo er überhaupt nach ihr suchen sollte.

Sal wollte schon vollends verzweifeln, da hörte er plötzlich laute Glockenschläge. Als er den schwarzen Rauch sah, rannte er los. In dem Fischerdorf war ein Feuer ausgebrochen.

Kapitel 19

Als Sal sein Dorf erreichte, stand die Hütte schon vollends in Flammen. Die Bewohner hatten sich darum versammelt. An Löschen war nicht mehr zu denken. Bestenfalls galt es sicherzustellen, dass das Feuer nicht auf die anderen Behausungen übergriff. Aber der Wind stand günstig. Das Schicksal schien sich mit dieser einen Bleibe zu begnügen.

„Mein Junge ist noch da drin!" Der verzweifelte Hilferuf einer Mutter ergriff die umstehenden Dorfbewohner. Entsetzen machte sich breit. Zwei jüngere Männer machten sich daran, zum Feuer vorzudringen, aber der Älteste hielt sie zurück. „Wenn der Junge noch in der Hütte ist, kann ihm niemand mehr helfen. Ich werde nicht erlauben, dass sich noch jemand in Gefahr begibt. *Sie* sind es jetzt, die über sein weiteres Schicksal entscheiden." Sal stand neben ihm. So ähnlich hatten die Worte des Dorfführers schon einmal geklungen, als er ihm damals am Strand die Hilfe zur Rettung seiner Kinder verweigert hatte. Sal fragte sich, was der Grund für dieses Verhalten war. Dann überlegte er, ob er selbst in das Feuer rennen sollte, um den Jungen zu retten. Er zögerte einen Augenblick, bis auch schon das Dach der Hütte zusammenbrach. „Sie haben entschieden“, sagte der Älteste leise. Fast klang es kühl. Sal betrachtete den Dorfführer argwöhnisch. Dann erschütterte der qualvolle Schrei der Mutter die Dorfgemeinschaft bis ins Mark.

Als die Hütte vollständig niedergebrannt war und nur noch kalte Glut von dem einstigen Brand zeugte, gesellten sich Rhu und Cah zu dem fremden Mann, den sie am Morgen am verbotenen Strand gefunden hatten. Sal saß auf einer Düne und blickte auf die Fischerboote, die im Sand vor dem Meer lagen. „So haben sie noch nie geglänzt“, sagte er und lächelte seine Kinder an. „Kennst du etwa unsere Boote?“, fragte Cah. „Hat der alte Fischer dir helfen können?“ Sal erschrak. Er hatte über die vielen Ereignisse und die lange Unterhaltung mit Deon vollkommen vergessen, weswegen er eigentlich zu dem Alten geschickt worden war. Niemand im Dorf erinnerte sich schließlich an ihn. Schnell schüttelte er den Kopf. „Nein, nicht wirklich.“ Er überlegte einen Moment. „Aber ich habe einen Namen für euch.“ Die Jungen schauten erwartungsvoll. Sal sah sie liebevoll an. „Ihr könnt mich Aba nennen.“ Dann wartete er auf eine Reaktion. „In Ordnung.“ Cah sah ihn immer noch an wie einen Fremden. „Schön, dass dir schon mal dein Name wieder eingefallen ist, Aba. Dann kommt der Rest bestimmt auch bald wieder.“ Nur Rhu sah, dass sich die Augen des Fremden bei diesen Worten wieder trübten. Er spürte, dass es irgendetwas mit diesem Namen auf sich hatte. Er klang fast wie *Vater*.

Rhu musste dabei an ihren eigenen Vater denken. Was ihn anging, so teilten sie das Schicksal dieses fremden Mannes, überlegte er. Denn sie hatten keine Erinnerung mehr an ihn. Er war bereits vor ihrer Geburt verschwunden. Ihre Mutter hatte die Niederkunft nicht überlebt, und so wuchsen sie in dem Dorf bei der Frau auf, die einst eine Heilerin gewesen war. Ihre Kräfte hatten schon lange nachgelassen, aber Dank der Waisenjungen hatte sie eine neue Aufgabe gefunden, die ihrem Leben fortan wieder einen Sinn gab. Das Schicksal hatte sie vor der Verwahrlosung bewahrt, und so lebte sie nun mit den beiden Kindern zusammen, die sie *Tante* nannten.

„Kanntet ihr den Jungen?", wollte Aba plötzlich von ihnen wissen. Er fragte sich, ob der Brand in irgendeinem Zusammenhang stehen konnte mit der Aufgabe, die er zu erfüllen hatte. „Nicht wirklich", sagte Rhu. „Er hatte nicht viele Freunde unter den Älteren." „Eigentlich hatte er nur einen sehr engen Freund", sagte Cah etwas abschätzig. Der verstorbene Junge und sein Freund waren Außenseiter gewesen. Cah hatte sie schon deshalb nicht gemocht, weil er selbst zur Gruppe der großen Fischerjungen gehören wollte, die sich immer nur über sie lustig gemacht hatten.

Sal überlegte. „Was ist mit seiner Mutter?" Cah sah ihn nachdenklich an. Der Fremde stellte viele seltsame Fragen. Dabei war Cah wieder eingefallen, was sein Bruder und er ihrem Fund vom Strand zu verdanken hatten. Den ganzen Tag hatten sie unter der Aufsicht der größeren Jungen die Boote der Fischer säubern müssen. Cah wurde ungehalten. „Was soll mit ihr sein? Immerhin hatte der Junge eine echte Mutter." Sal spürte seine Verärgerung und war sich nicht sicher, ob es nur daran lag, dass er den beiden Jungen bislang nur Schwierigkeiten bereitet hatte, seit sie ihn am Strand gefunden hatten. In seinem alten Leben waren die beiden nach dem Tod seiner Frau allein mit ihm als Vater groß geworden. Aber das hatte ihre Bindung nur umso enger werden lassen. In dieser Welt jedoch, die keine Erinnerung an ihn kannte, hatte sie wohl die alte Heilerin aufgezogen.

Sal hätte die beiden gerne auch nach ihr gefragt, aber er spürte, dass die Jungen langsam misstrauisch wurden. Er wollte nicht, dass sie sich fragten, worum es Sal in Wirklichkeit ging. Schon sich ihnen als Aba vorzustellen, war ein Risiko gewesen. Aber dem hatte er nicht widerstehen können. Da jedoch auch dieser Name, den sie als kleine Kinder immer als Kosenamen für ihn verwendet hatten, keine Erinnerung in ihnen ausgelöst hatte, versuchte Sal nun, sich auf seine eigentliche Aufgabe zu konzentrieren. Er musste die erste Seele finden. Doch dann erschrak er. War der Mensch, dem er helfen sollte, vielleicht gerade bei diesem Brand ums Leben gekommen?

Nur wenig entfernt saß zur selben Zeit der beste Freund des verstorbenen Jungen in seiner Hütte und weinte bitterlich. Tiefe Trauer hatte ihn ergriffen. Das verstanden alle, die ihn kannten. Was sie nicht ermessen konnten, war die Qual, die der Knabe durchlitt. Denn es war seine Schuld, dass sein Freund hatte sterben müssen. Ganz allein er war verantwortlich für dessen Tod. Sein Leiden fühlte sich furchtbar an. Niemand konnte das nachempfinden. Es steigerte sich gerade ins Unerträgliche, als Sal im selben Moment ein heftiger

Schmerz durchfuhr. Er fühlte sich an wie das Leid, das er schon bei dem Alten am Strand hatte erdulden müssen. Doch diesmal wich Sal nicht davor zurück. Er ging immer tiefer in diese Empfindungen, und als sie kaum mehr aushaltbar waren, wusste Sal, wo er seine erste Seele suchen musste.

Doch dann wurde ihm noch etwas ganz anderes klar. Ein Schauer jagte ihm dabei über den Rücken. Es war der verbrannte Junge gewesen, der den Preis für diesen Hinweis hatte zahlen müssen.

Kapitel 20

Die Beisetzung fand eine Woche später statt. Die kleine Kirche vor dem Friedhof hatten schon die Seeleute errichtet, die einst *Paternoster* gegründet hatten. Das Gebäude war das einzige im Dorf aus massivem Holz, das sonst nur schwer zu finden war in dieser Gegend. Der Turm stach dadurch hervor, seine Glocke hingegen war vergleichsweise klein. Aber auch sie stammte bereits aus Gründerzeiten. Aus Ehrfurcht hatte es noch niemand gewagt, sie auszutauschen. Ihr Klang jedoch war noch weit hinter der Kirche zu hören. Dort begann auch die Wiese, auf der die Bewohner begraben wurden, die das Universum zu sich gerufen hatte. Eigentlich hatten Fremde hier keinen Zutritt. Aber Aba, wie Sal inzwischen alle nannten, durfte dem Begräbnis beiwohnen. Denn er war in den vergangenen Tagen ein so fester Teil der Dorfgemeinschaft geworden, wie noch kein anderer zuvor.

„Was hat der alte Fischer gesagt?", fragte der Dorfführer Sal, als sich die Aufregung um den Tod des verbrannten Jungen etwas gelegt hatte. Sal hatte zunächst versucht, der Frage auszuweichen. Doch der Oberste forschte weiter. Mit welchem Auftrag ihn die

Seelen nach Paternoster hätten kommen lassen, wollte er jetzt wissen. Als Dorfältester besaß genug Weisheit für die richtigen Fragen, aber kannte nicht immer die passenden Antworten darauf.

Er wolle nicht darüber sprechen, hatte Sal die Befragung zu beenden versucht. *Wolle nicht* oder *dürfe nicht*, fragte der Dorfführer, und als eine weitere Antwort ausblieb, wusste dieser alles, was er wissen musste. Schnell sprach sich herum, dass der Fremde in Kontakt mit *ihnen* stand. Eine heilige Mission habe er zu erfüllen, von der er selbst vielleicht gar nichts wisse. Rasch nahm man ihn also in die Gemeinschaft auf und behandelte ihn wie einen der ihren. Ihm wurde ein Platz in der Hütte der beiden Jungen zugewiesen, die ihn am Strand gefunden hatten. Sehr zum Unbill ihrer Tante. Aber Aba störte das nicht. Er war froh über sein Zuhause. Denn so konnte er zumindest mit Rhu und Cah zusammen sein, auch wenn sie ihren Vater nicht mehr erkannten. Auch sonst wurde Aba jeder Zugang ermöglicht. Schließlich konnte dahinter *ihr* Wille verborgen liegen.

So fand er sich nun inmitten der Trauergemeinde auf der Friedhofswiese wieder und beweinte mit den anderen den frühen und tragischen Tod des jungen Außenseiters. Seine Familie stamme in direkter Linie von den Seeleuten ab, die Paternoster einst gegründet hatten, raunte Rhu ihm zu, während der Dorfpfarrer noch seine Worte sprach. Ob das nicht auf alle zuträfe, fragte Aba. Das sei unerheblich, sagte Rhu, denn es sei nur diese Familie, die einen der alten Ringe besaße, der noch von den Schiffbrüchigen von damals stamme.

„Das hat ihn am Ende das Leben gekostet“, mischte Cah sich plötzlich ein. Aba wollte gerade den genauen Grund erfragen, da trafen sie die missbilligenden Blicke der Tante. Sie bedeutete ihnen, endlich ruhig zu sein, denn auch der Pfarrer war mit seiner Rede mittlerweile fertig. Die Trauergemeinde bewegte sich nun langsam zum Grab, an dem sich die Mutter des toten Jungen in ihrem fassungslosen Schmerz kaum auf den Beinen zu halten vermochte. Doch plötzlich sah Sal jemanden auf einem nahen Hügel stehen.

In sicherer Entfernung beobachtete der beste Freund des verbrannten Jungen die Trauergemeinde. Er ertrug kaum den Anblick, der sich ihm bot. „Warum ist er nicht hier?“, fragte Sal, und Rhu sagte: „Er gibt sich die Schuld an dem Tod des Jungen.“ Sal horchte auf. „Warum?“ Rhu hielt seinen Kopf gesenkt und flüsterte: „Das hat er bisher keinem erzählt.“ Dann traf sie erneut der Blick der argwöhnischen Tante und sie mussten ihre Unterhaltung beenden.

Der Leichenschmaus fand in dem kleinen Häuschen statt, das an die Kirche grenzte. Der Dorfpfarrer wohnte darin, und es war die einzige Behausung, die genug Platz für diesen Anlass bot. Wenige Worte wurden gewechselt. Einige waren aus Anstand gekommen, andere, weil sie Hunger hatten. Schnell war alles gesagt und gegessen, und als ihre Tante den Jungen signalisierte aufzubrechen, verabschiedete sich auch Sal von der Gesellschaft. Ob er denn nicht direkt mit ihnen nach Hause käme, fragte Rhu, als er sah, dass Aba einen anderen Weg nehmen wollte. „Ich möchte noch einmal ein paar Schritte für mich sein“, erklärte er ihm. Sie sollten schon alleine vorausgehen. *Ich muss noch eine Seele retten*, dachte er dann und lief schließlich in die Richtung der Hütte, in der der Freund des toten Jungen lebte.

Oft hatte Sal in den letzten Tagen an diesen Jungen gedacht. Häufig war er in seinen Schmerz getaucht und hatte versucht, diesen zu lindern. Aber dann waren ihm wieder die Worte des Alten in den Sinn gekommen. *Heilung bedeutet nicht, dass du ihre Empfindungen vertreiben sollst.* Sal musste die Ursache für den Schmerz des Jungen finden. Es ging darum loszulassen.

Er hatte die Hütte des Jungen fast erreicht, als er erneut begann, seinen Geist auf ihn auszurichten. Sal spürte, dass der Junge noch wach war. Das Begräbnis hatte ihn aufgewühlt. Er war zu unruhig, als dass er schlafen konnte. Als Sal sich dem Eingang näherte, merkte er, wie der Knabe aufgeregt in seiner Hütte umherlief. Er wollte gerade an die Tür klopfen, da wurde sie auch schon geöffnet. Vor Sal stand plötzlich der Junge und sagte: „Du bist das also. Ich hätte mir denken können, dass nur du in meinem Geist herumspuken kannst."

Sal erschrak. Ihm war nicht bewusst gewesen, dass die Verbindung, die er zu dem Jungen aufgenommen hatte, nicht unbemerkt geblieben war. „Glaubst du, ich spüre es nicht, wenn jemand in meine Gefühle eindringt?", fragte der Junge seinen ungebetenen Besucher. Da war jedoch noch etwas, das Sal einen leichten Schauer über den Rücken jagte. Die Stimme kam ihm irgendwie bekannt vor! Sie klang wie jene, die er damals im Mondschein gehört hatte. Auch in dieser zarten Knabenstimme lagen nur Bitterkeit und Zorn.

Aber Sal ließ sich nicht beirren. „Komm mit, wir müssen zum Strand." Er hatte sich in den vergangenen Tagen genau überlegt, wie er dem Knaben helfen wollte. „Um diese Zeit? Warum sollte ich mit dir dort hingehen, Fremder?", fragte ihn der Junge. *Fremder*. Sal zuckte zusammen. Auch dieser Junge hatte ihn natürlich vergessen. Er hingegen kannte ihn und sein Schicksal nur zu gut aus seinem alten Leben. Auch in jener Welt hatte er seinen besten Freund verloren. Schon damals hatte er sich die Schuld daran gegeben. Als Sal sich vor einigen Tagen daran erinnert hatte, war ihm klar geworden, was er tun musste. „Damit du ungeschehen machen kannst, was dich leiden lässt." Sal wusste, dass seine Worte ihre Wirkung nicht verfehlen würden. So hörte er bald, wie der Knabe ihm nachgerannt kam, als er den Strand von Paternoster schon fast erreicht hatte.

Kapitel 21

Den korpulenten Koch hatte es schnell unter Wasser gezogen. Nachdem das Boot gekentert war, hatte sich das Meer rasch über ihm geschlossen. Ein paar Mal hatte die schwarze See ihn noch umhergewirbelt. Bis er realisierte, was mit ihm geschehen war, hatte er bereits die Orientierung verloren. Der Himmel war genauso dunkel wie der Meeresgrund, und so hatte er nicht sofort gewusst, wohin er schwimmen sollte. Kostbare Sekunden waren dadurch verloren gegangen, in denen er bereits nach Luft rang. Als er die anderen vier Körper sah, die langsam nach unten sanken, war es zu spät. Dunkelheit hatte sich ausgebreitet und die Meerestiefe nahm ihn mit in ihre ewige Nacht.

Das Nächste, was er wahrnahm, war ein Rauschen. Die See summte es laut vor sich hin. Das Meer schlug in weiter Ferne gegen die schwarzen Felsen des Riffs, und die Brandung ließ die Wellen sanft den Strand hinauflaufen, bis sich ihre Kräfte im Sand erschöpften. Der Koch hob den Kopf. Er lag auf dem Boden. Wind strich durch sein Haar, und die Sonne schien auf sein Gesicht.

Eine Weile verging, bis er verstand, wo er war. An den Strand gespült vom tiefen Meeresgrund. Die Ereignisse der letzten Stunden hatte er nun wieder klar vor Augen. Unter ihm hatte das Boot geschaukelt, doch er war sich nicht ganz sicher, ob er es gewesen war, der als Erster das Gleichgewicht verloren hatte, oder ob es die zwei Männer waren, die mit dem Ruder versucht hatten, ihre Kameraden zu erreichen. Auch jetzt schwankte noch immer alles, und so krallte er seine Hände tief in den Sand, als er versuchte aufzustehen.

Doch seine Kräfte ließen schnell wieder nach. Schließlich rollte er seinen massigen Körper auf den Rücken und blickte über sich in den blauen Himmel. Die Sonne brannte, aber er spürte nicht einmal mehr ihre Wärme auf seiner Haut. Er war sich nicht sicher, ob er sie überhaupt gefühlt hatte und sich nicht alles nur einbildete, was um ihn herum geschah. Alles schien taub zu sein.

Dann lenkte ein leises Knirschen seine Aufmerksamkeit wieder auf den Strand. Langsam wurde dieses Geräusch lauter und kam auf ihn zu. Die Furcht trieb ihn auf die Beine. Als er immer noch benommen mit seinen schweren Massen endlich aufrecht stand, sah er, wer da auf ihn zukam. Einer der Matrosen, die mit ihm auf dem Rettungsboot waren, stand irgendwann direkt vor ihm. Auch ihn musste das Meer verschmäht und hier an die Küste gespült haben.

Kurz fiel ihre Begrüßung aus. Wenig war zu sagen zu dem, was geschehen war. Beiden stand nicht der Sinn danach, darüber zu sprechen, was sie gerade erlebt hatten. So war es der Koch, der die Frage stellte, die nach seiner Meinung nahe lag.

„Was machen wir jetzt?“ Doch schon als er die Worte aussprach, merkte er, dass etwas nicht stimmte. Der andere wusste es schon länger. Mit glasigen Augen sah ihn der Matrose an. „Wir warten.“ Der Koch verstand nicht recht. Hatte noch jemand überlebt? „Auf die anderen?“, fragte er zögerlich. Dunkelheit trat in den trüben Blick des Seemanns, als er darauf antwortete: „Nein. Wir warten auf *ihn*!“

Kapitel 22

Kapitän Brand hatte inzwischen jeden Halt verloren. Aber nicht die fünf Männer, für die er die Verantwortung nicht hatte tragen können, waren der Grund dafür. Auch der Orkan, in dessen Zentrum sich das Schiff inzwischen befand, hatte ihn nicht aus dem Gleichgewicht gebracht. Je länger dieses Ungetüm sie jedoch ganz in sich gefangen hielt, desto mehr schwand seine Hoffnung, die Fahrt noch erfolgreich beenden zu können. Erste Schäden hatte dieses Monster bereits angerichtet. Der Kreuzmast war gebrochen und hatte die Brücke schwer in Mitleidenschaft gezogen. Anderen Teilen des Schiffes stand ein ähnliches Schicksal bevor, und wenn der Hauptmast auch noch brechen würde, obwohl er nicht einmal mehr ein Segel trug, wäre ihre Reise unwiderruflich zu Ende.

Dem Steuermann hingegen ging es nur noch ums Überleben. Weniger seine eigene Rettung war ihm wichtig als vielmehr das Leben der Mannschaft. Vor allem sorgte er sich um einen von ihnen. Längst wusste er, dass das Schiff verloren war. Die Frage war nur noch, ob sie noch Gelegenheit haben würden, gefahrlos die Rettungsboote zu Wasser zu lassen. Eins war bei dem

Versuch untergegangen, den zwei Matrosen zu Hilfe zu kommen. Fünf Männer hatten sie so verloren. Aber die anderen sieben Boote waren wie durch ein Wunder noch an Bord und unversehrt. Sie boten genug Platz, um die komplette Mannschaft vom Schiff zu bringen. Unter diesen Bedingungen durften genau die sechs Personen hinein, für die sie ausgelegt waren. Keiner mehr und keiner weniger, sonst würden die Boote untergehen oder kentern. Das hatten sie gerade erlebt. Der Steuermann dachte nicht weiter darüber nach, dass ohne das achte Boot nun ein Platz für die Rettung fehlte, denn auch nach dem Verlust der fünf Männer zählte das Schiff mit dem Kapitän immer noch dreiundvierzig Seeleute.

Doch schnell erforderte der Sturm wieder seine gesamte Aufmerksamkeit. Der Steuermann bemerkte in dem Unwetter nun etwas, das ihm zuvor nicht aufgefallen war. An einer Stelle war die schwarze Wand etwas heller, und in dem Moment, in dem er es sah, verlor er keine Zeit mehr. Er riss das Ruder herum und steuerte geradewegs in diese Richtung. Sie hatten den Punkt fast erreicht, da erfasste eine gewaltige Welle den Bug und schleuderte das Schiff in ungeahnte Höhen.

Für einen Moment stand alles still. Aber als der Rumpf wie ein Stein wieder auf das Wasser schlug, zerbarsten seine Planken. Das Schiff hatte Leck geschlagen.

Der Steuermann war der Erste, der begriff, was geschehen war. Die Mannschaft lag auf dem Deck verteilt, doch noch ehe der Kapitän, der sich als Einziger auf der Brücke hatte halten können, einen

Befehl geben konnte, rief auch schon sein erster Mann alle in die Rettungsboote.

Panik drohte auszubrechen. So gut er konnte, beruhigte der Steuermann das Geschehen. Die Boote wurden bereit gemacht. Das Schiff schwankte bedrohlich, und unter ihren Füßen spürten alle, wie das Wasser langsam in den Rumpf eindrang. Nicht mehr lange und die See hätte sich jeden Einzelnen von ihnen geholt. Mit starrem Blick verfolgte der Kapitän das wilde Treiben. Alles war verloren. Das Leben, das er hatte retten wollen, würde mit der Ladung untergeben.

Kurz schien es, als wollte er sich diesem Schicksal fügen. Seine Qual in dem kalten Nass ertränken, das sich schon bald seines Schiffes bemächtigt haben würde. Dann aber blitzte die Erinnerung an die Person, um die es ihm die ganze Zeit gegangen war, noch einmal auf. Er durfte sie so nicht verlassen. Irgendetwas würde ihm schon noch einfallen. Brand fühlte, dass er für sie am Leben bleiben musste.

Lange schon war dem Kapitän klar gewesen, dass es in den Booten einen Platz zu wenig gab. Am Ende bliebe für ihn nur das Schiff, wenn die Rettungsboote erst einmal voll besetzt sein würden. Wollte er selbst also überleben, musste er etwas tun. Schnell ging er von der Brücke zum Deck hinunter. Wahllos griff er sich den nächstbesten Matrosen aus der Mannschaft. Er stockte, als es der Schiffsjunge war, den er am Arm gepackt hatte. *Jorid.* Der Bruchteil einer Sekunde verging. Jeder andere hätte weniger Aufmerksamkeit auf sich gezogen, aber nun war keine Zeit mehr. Das Schicksal hatte entschieden. „Hol das Logbuch aus meiner Kajüte!“, befahl er ihm rasch. Der Junge folgte dem Befehl mit bleichem Gesicht. Im nächsten Moment war er auch schon unter Deck verschwunden.

Als die ersten Boote bereits im Wasser waren, schaute sich der Steuermann suchend um. Wo war Jorid bloß? Eben hatte er den Schiffsjungen noch nahe der Brücke gesehen. Doch jetzt sah er dort nur den stämmigen Kapitän, der die Stufen zu seiner Kabine hinunterging. Dann aber erforderten auch schon die Rettungsaktion wieder seine ganze Aufmerksamkeit.

Als Brand wieder an Deck erschien, waren alle Boote bereits im Wasser. Nur das letzte wartete noch auf ihn. Das Wasser war gefährlich gestiegen, das Schiff bekam langsam Schlagseite. Vier Matrosen hielten sich bereit, den Steuermann und ihren Kapitän in Sicherheit zu bringen. „Rettungsboot ins Wasser lassen“, rief Brand über das Deck, als er unter dem Getöse des Orkans zu ihnen lief. „Halt“, stoppte sie der Steuermann. „Wo ist Jorid?“ Der Kapitän war inzwischen bei der Gruppe angekommen. Er hatte geahnt, dass es Schwierigkeiten geben würde. „Der Schiffsjunge? Der ist sicher in einem der anderen Boote. Wir müssen los!“, sagte er und wies den Trupp an, keine Zeit zu verlieren. Schnell machten sie auch dieses letzte Boot bereit. Nicht mehr lange und das Schiff würde sinken. Aber der Steuermann blickte nur nachdenklich zu seinem Kapitän.

Sie waren bereits alle eingestiegen, da hielt der Erste sie erneut zurück. „So viel Platz ist nicht auf allen Booten“, sagt er. Der Kapitän musste das eigentlich wissen. Eindringlich schaute ihn der Steuermann an. Nur ein Bruchteil von Sekunden verging. Aber als Brand seinem Blick auswich, überkam ihn ein furchtbarer Verdacht. Schnell merkte das auch der Kapitän. „Wir haben keine Zeit mehr, ihn zu suchen. Wenn er noch an Bord wäre, müsste er jetzt bei uns sein“, sagte er und blickte seinem ersten Mann nun wieder fest in die Augen. „Los jetzt. Sonst sterben wir alle.“

Hilflos verfolgte der Steuermann, wie die verängstigten Männer sich rasch daran machten, die Seilwinde zu betätigen. Eindringlich redete er auf sie ein. „Lasst uns noch einmal nachsehen.“ Aber es nützte nichts. Sie dachten nur an ihr eigenes Leben. Er selbst würde also handeln müssen. Brand jedoch konnte das nicht zulassen. Als der Erste gerade zurück an Bord springen wollte, spürte er wieder die Hand des Kapitäns auf seiner Schulter. „Niemand geht mehr an Bord“, sagte der Kapitän und gab den Befehl zum Aufbruch. Verängstigt schauten sich die Matrosen an. Dann gingen sie an die Seile und ließen vorsichtig das Boot hinab zur See. Unruhig saß der Steuermann zwischen den anderen. Hatte er sich doch getäuscht?

Sie hatten die Bordwand noch nicht passiert, da durchbrach ein gellender Schrei die stürmische See. Am Ende des Schiffs sahen sie an dem vergitterten Fenster der Kapitänskajüte den Schiffsjungen stehen. Der Orkan tobte ohrenbetäubend, aber ein Wort war deutlich zu hören. Als der Steuermann es vernahm, sprang er auf. Noch ehe Brand ihn zu fassen bekam, war er schon wieder an Bord. Verzweifelt rannte er zur Kabine. Die vier Matrosen hingegen waren starr vor Schreck und rührten sich nicht. Sie alle hatten das Wort verstanden, das der Junge immer wieder brüllte. *Eingeschlossen*. Für ihre Fragen ließ ihnen Brand keine Zeit. „Das Boot zu Wasser, oder auch ihr werdet sterben“, brüllte er. In Todesangst und ohne ein weiteres Wort, griff der erste bereits in die Seile und tat, wie ihm geheißen.

Kapitel 23

„Wie lange warten wir noch?“ Der Koch war verunsichert. Missmutig schaute ihn der Matrose an. „So lange es eben dauert.“ Viel Bitterkeit lag in seinen Worten. „Bis *er* hier ist“, flüsterte er noch. Sein Groll war deutlich zu spüren, aber er richtete sich nicht gegen seinen Kameraden. Auch der war ja ein Opfer. Der Hass des Matrosen galt nur dem, den er schon bald an diesem Strand treffen würde.

Der Koch und der Matrose kannten sich kaum. Nun aber verband sie mehr, als zwei Menschen in ihrem Leben jemals verbinden könnte. „Was hat dich auf dieses Schiff gebracht?“, fragte der Seemann, und der Koch spürte, dass die Frage nicht dazu diente, die Zeit totzuschlagen. In ihr lag echtes Interesse. Aber ihm war nicht danach, neue Freunde zu finden. „An Bord hast du dich nur über mein Essen beschwert“, sagte er. Der Matrose blickte auf. „Ja, aber wir sind nicht mehr … an Bord.“ Etwas Trotz lag noch in dieser Bemerkung. Dann aber fügte er sanft hinzu: „Hunger haben wir schließlich auch keinen mehr.“ Bei diesem Satz fiel dem Koch auf, dass der Matrose recht hatte, und ihn überkam wieder dieses merkwürdige Gefühl. Etwas stimmte nicht. Taubheit durchzog seinen gesamten Körper. Aber er wagte nicht, es auszusprechen.

„Mich hat die Liebe auf dieses Schiff gebracht“, machte der Seemann den Anfang. Seine Stimme wurde dabei so sanft wie die einer Frau. „Ein Mädchen wartet auf mich in unserem Heimathafen. Ihretwegen bin ich zur See gefahren.“ Der stämmige Koch verstand nicht recht. Der Matrose merkte es schnell. „Ich bin nicht von ihrem Stand. Ich brauche den Sold, um ihr das Leben zu bieten, das sie beansprucht.“ Der Koch zögerte. Er ließ einen Augenblick verstreichen. Dann aber fragte er: „Hat sie das von dir verlangt?“ Der Seemann senkte den Kopf. „Nein. Ich weiß nicht mal, ob sie das überhaupt gewollt hätte.“ „Habt ihr denn nicht darüber gesprochen?“, fragte der Koch, doch diese Frage ließ die Bitterkeit in den Matrosen zurückkehren. Seine Augen wurden wieder glasig. Fast schien es dem Koch, als bildeten sich Tränen. Trüb blickte ihn der Seemann an. „Ich habe sie nie gefragt“, sagte er schließlich und wandte sich voller Scham ab. „Du hast sie gar nicht gefragt, ob du diese Fahrt für sie auf dich nehmen sollst?“, hakte der Koch noch einmal nach. Eine Weile verging. Stille war eingekehrt. Nicht einmal die Brandung war zu hören. Die See lag in tiefer Trauer. Verzweifelt sah ihn der Matrose an. Seine Qual war förmlich zu spüren. „Ich habe ihr nie meine Liebe gestanden. Ich wollte sie erst fragen, wenn ich mit dem Gold zurückgekehrt wäre.“ Der Koch senkte den Blick. Diese Geschichte war noch trauriger als seine eigene. „Aber du kannst sie immer noch fragen. Wenn sie dich liebt, ist ihr das Geld sicherlich vollkommen gleichgültig.“ Der Koch versuchte, seinem Kameraden Mut zu machen. Aber als er seine glasigen Augen sah, überkam ihn erneut ein Schauer. *Zu spät.* Das waren die Worte, die er in dem Blick des Seemanns las, und obwohl er sie noch immer nicht richtig verstand, wusste er, dass es die Wahrheit war.

„Was ist mit dir?“, fragte der Seemann, als er sich wieder ein wenig gefasst hatte und einen zweiten Versuch machen wollte, auch die Geschichte des Koches zu erfahren. Der hielt einen Moment inne. Er dachte immer noch an die zwei Worte, die er in dem Blick des Matrosen gesehen hatte. *Zu spät.* Doch dann begann auch der Koch, seine Geschichte zu erzählen. „Mich brachte gleichfalls die Liebe dazu, zur See zu fahren“, sagte er zu einiger Überraschung des Matrosen. Nach einer kurzen Pause fügte er hinzu: „Für mich wird sie sich ebenso nicht mehr erfüllen.“ Dass er nie mehr in seine Heimat zurückkehren würde, ahnte er dabei noch nicht. Der Seemann schaute ihn mitfühlend an. Aber als der Koch gerade fortfahren wollte, bemerkte er, wie in einiger Entfernung am Strand ein weiterer Mann auf sie beide zukam. War er es, auf den sie hier warten sollten? Fragend schaute er den Seemann an. Als der Matrose sich daraufhin umwandte, glitt ein zufriedenes Lächeln über sein Gesicht. „Na bitte, bald sind wir komplett.“

Der Koch sah ihn verwundert an. „Kommen denn noch mehr von uns?“ Als ihn erneut die glasigen Augen seines Kameraden trafen, begann er Schlimmes zu ahnen. „Wir waren zu fünft. Hast du das schon vergessen?“, blaffte ihn der Matrose an. Als wäre das nicht schon genug gewesen, fügte er noch grimmig hinzu: „Erst, wenn wir wieder vollzählig sind, werden wir *ihn* hier treffen können.“

Kapitel 24

„Dieser Teil des Strandes ist verboten!" Außer Atem erreichte der Junge den Fremden. Sal stand bereits an den dunklen Felsen, hinter denen der heilige Abschnitt lag. „Aus einem guten Grund", gab Sal zurück und verschwand dahinter. Dem Knaben blieb nichts anderes übrig, als ihm nachzulaufen. Verängstigt erreichte er die schwarzen Steine, und als er auf der anderen Seite war, sah er Sal im Licht des Mondes stehen.

„Sieh auf die See hinaus", bedeutete er ihm, als der Junge bei ihm war. Der Knabe wandte seinen Blick zum Meer. Tausend Sterne schienen darauf zu schwimmen. Ruhig schaute ihn Sal an. „Willst du wirklich, dass ich dir helfe?" Zitternd stand der Junge neben ihm. Er sah noch immer auf das glitzernde Wasser und verschmolz ganz mit diesem Bild. „Ich möchte nur, dass der Schmerz aufhört." Sal nickte. „Dann komm", sagte er und legte ihm sanft seine Hand auf die Schulter. Aber statt den Jungen mit sich zu ziehen, war es das Meer, dass sich nach dem Knaben streckte. Die Sterne rasten auf ihn zu und er vermochte nicht zu sagen, ob es die am Himmel waren oder nur ihr Spiegelbild. Erschrocken schloss der Junge die Augen, und als er sie wieder öffnete, waren der Mond und die Sterne verschwunden. Es war nun spät am Nachmittag, und die Sonne bewegte sich auf den Horizont zu. Der Junge wusste sofort, wo er war. Diesen Augenblick würde er nie vergessen. Auch wenn er bereits Tage zurücklag. Er schaute zu den Felsen und war dennoch fassungslos, was er dort sah. Bilder aus der Vergangenheit zeigten sich ihm.

Auf den Klippen stand er selbst. Sein Freund war bei ihm. Sie sprachen miteinander. Es war das letzte Gespräch vor dessen Tod. Wie ein Film spielte sich alles vor ihm ab. Als wäre er in Trance, ging der Knabe langsam auf diese Szene zu, die er doch nie vergessen würde. „Freunde für die Ewigkeit." Der Junge, der in seiner Hütte verbrannt war, stand ihm unversehrt auf den Felsen gegenüber. Gleich würde er ihn in die Arme schließen.

Wie sehr wünschte sich der Knabe, noch einmal diese letzte Umarmung zu erleben. Kurz nur blickte er zu Boden und als er das nächste Mal aufschaute, war er es wieder selbst, der auf dem Felsen stand und seinem Freund in den Armen lag. „Du zitterst", hörte er ihn sagen, und der Knabe wusste, was nun kommen würde. Nichts fürchtete er mehr. „Hast du den Ring dabei, den ich dir gegeben habe?" Die Frage durchbohrte sein Herz. Er wusste, wie es jetzt weiterging. Denn er hatte ihn in der Küche seines Freundes liegen lassen, nicht unweit vom Feuer, das dort noch immer brannte. Der Ring war ein besonderes Geschenk gewesen. Er hätte ihn gar nicht bekommen dürfen. In seiner Aufregung hatte er ihn schlicht liegen lassen, als sie zum Strand aufgebrochen waren. Schon spürte er seine Qual. Er würde die Frage verneinen müssen. Der Freund wäre jedoch verständnisvoll. Pass das nächste Mal besser auf ihn auf, würde er noch rufen und wäre auch schon verschwunden, um ihn selbst zu holen. Er solle auf ihn warten. Es würde nicht lange dauern. Aber es dauerte unendlich lange. Dann würde der helle Klang der Glocke ertönen und alles wäre nur noch schwarzer Rauch. *Freunde für die Ewigkeit.*

„Aber was wäre, wenn du den Ring doch dabei hättest?“ Sal stand wie unsichtbar neben dieser Szene, die sich doch erst vor einer Woche so zugetragen hatte. Allein der Knabe konnte ihn wahrnehmen. Er tastete in seiner Tasche und glaubte kaum, was er darin fand. „Da ist er.“ Halb verwundert, halb voller Freude holte er den Ring hervor. Er hätte nicht glücklicher sein können. Sein Freund lächelte ihn an. Dann aber wurde dem Knaben bewusst, dass es dieser Ring war, der die beiden immer wieder trennen würde, denn er war nicht für ihn bestimmt. Die Seelen würden ihren Weg finden, die Freunde auf eine andere Weise auseinanderzubringen, sollte er ihn behalten. Also tat er etwas, womit sein Freund nicht rechnen konnte. „Er bringt nur Unheil!“, rief er plötzlich und warf den Ring im selben Augenblick in hohem Bogen über die Klippen.

Entsetzt sah sein Freund ihn an. „Der Ring stürzt uns ins Verderben. Das musst du mir glauben.“ Im nächsten Moment sprang er schon die Steine hinunter zum heiligen Strand, zu dem sein Freund ihm nicht zu folgen wagte. Außer Atem erreichte er die Stelle, an der er zuvor mit Sal gestanden hatte. Keuchend rang er nach Luft. Doch als er seine Augen schloss, spürte er plötzlich wieder Sals Hand auf seiner Schulter. Dann sah er nur noch den Mond und die Sterne auf dem Meer.

Ungläubig schaute er seinen Retter an. Wie auch immer der Fremde es vermocht hatte, ihn zu diesem Moment zurückzuführen, das Schicksal hatte sich geändert. Der Ring lag auf dem Grund des Meeres und nicht mehr in der brennenden Hütte. Sein Freund durfte leben. Überglücklich riss sich der Knabe von Sal los und lief, so schnell er konnte, ins Dorf zurück. Er wollte nur noch seinen Freund in die Arme schließen. Sal blickte ihm lange nach.

Als der Knabe den Wohnort des Jungen erreichte, schien der Mond gespenstisch hell. Kühles Licht warf er auf die schwarze Asche. Die Hütte war immer noch niedergebrannt. Der Knabe sah es mit Entsetzen. Sal fand ihn schließlich am Grab des Jungen hinter der Kirche. Sein Freund war wieder in den Flammen umgekommen. Noch schlimmer als zuvor war nun der Schmerz des Knaben. Sein Zorn schlug Sal entgegen. „Sollte ich nicht ungeschehen machen, was mich leiden lässt?“, schluchzte er verzweifelt. Sal blickte ihn mitleidsvoll an. Dann erklärte er es ihm: „Ja, aber damit das passieren kann, musstest du erst erfahren, dass sich dein Schicksal nicht ändern lässt. Was auch immer du tust, du wirst deinen Freund immer verlieren. Schuld daran trägst du jedoch keine.“ Ungläubig sah ihn der Junge an. Aber die Worte hatte ihre Wirkung nicht verfehlt. Denn Sal spürte bereits, wie sie dem Knaben halfen, langsam loszulassen.

Kapitel 25

Sal hatte den Jungen noch nach Hause gebracht. Viel hatten sie auf dem Weg miteinander geredet. „Niemand trägt Schuld", hatte er ihm erklärt. „Die Dinge geschehen, wie sie geschehen." Eine Weile hatte sich noch etwas in dem Jungen gegen den Gedanken gewehrt, dass nichts, was er hätte tun können, seinen besten Freund vor dem Tod bewahrt hätte. Aber dann sah er ein, dass er gegen dieses Schicksal nichts auszurichten vermochte. Niemals würde er seinen Freund retten können. Immer wieder müsste dieser sterben. Seine Bestimmung war es, das zu akzeptieren. *Die Dinge geschehen, wie sie geschehen.*

Die Reise, auf die ihn Sal am Strand geschickt hatte, hatte dem Jungen diese Einsicht gebracht. Nachdem er den Ring ins Meer geworfen hatte, war sein bester Freund dennoch zu seiner Hütte zurückgekehrt. Was der Knabe am Strand gesagt und getan hatte, ließ ihn dort bleiben, bis er gänzlich von Flammen umschlossen war. Wieder hatte er so den Tod im Feuer gefunden. Wieder musste sich der Knabe die Schuld dafür geben. Es war eine ewige Wiederkehr des Leids.

Doch als der Junge begriff, dass es dieses Schicksal war, das er akzeptieren musste, fing es an, ihm besser zu gehen. Etwas begann, sich in ihm zu lösen. Der Schmerz war zwar immer noch da und er würde wohl nie ganz verschwinden, aber seine Seele war dabei, ihren Frieden zu finden. „Warum hat mir das Leben gerade diese Aufgabe gestellt?“, fragte der Junge und Sal bemerkte, wie ihn die Ereignisse der letzten Stunden immer noch mitnahmen. Aber auch er kannte darauf nicht die genaue Antwort. „Ich weiß es nicht. Meistens hat alles, was in unserem Leben geschieht, mit der Liebe zu tun.“ Der Junge war verwirrt. Was sollte der Tod seines besten Freundes mit der Liebe zu tun haben? „Wir alle streben im Leben nach Liebe. Aber manchmal erfüllt sie sich nicht. Diese Unerfüllbarkeit zu akzeptieren, mag dann unsere Aufgabe sein.“

Der Junge dachte nach. Er hatte geglaubt, die Schuld, die er sich an dem Tod seines besten Freundes gegeben hatte, sei der Grund für seine Qual. Aber nun verstand er, dass sie nur die eigentliche Ursache für seinen Schmerz überdeckte. Was ihn leiden ließ, war das abrupte Ende einer Freundschaft. Gemeinsame Erlebnisse rief der Junge sich in Erinnerung, die er so unendlich vermisste. *Freundschaft für die Ewigkeit.* In dieser Welt hatte sich das nicht erfüllen können.

„Warum ist das mein Schicksal?“ Der Junge konnte noch immer nicht begreifen, warum eine solche Freundschaft ausgerechnet ihm verwehrt war. Ein Außenseiter war er gewesen. Genau wie sein bester Freund. In ihm hatte er sich erkannt. Nun war er wieder ganz auf sich gestellt. Sal suchte nach einer Antwort. „Nach meiner Erfahrung lässt sich die Frage nach dem Warum nie wirklich beantworten. Es mag sein, dass diese Unerfüllbarkeit, der du dich in deinem Leben stellen musst, schon lange mit deiner Seele verbunden ist. Vielleicht hat sie ihren Grund in einer Geschichte, die weit in der Vergangenheit liegt.“ Der Junge sah ihn verständnislos an. „Ich muss für etwas leiden, was vor langer Zeit in einem anderen Leben passiert ist?“ Sal lächelte milde. „Wir müssen nichts in unserem Leben tun, was wir nicht wollen. Es ist immer deine Entscheidung.“ Der Knabe war verzweifelt. „Aber ich leide. Was soll ich dagegen tun?“

Sal wartete einen Augenblick, bevor er seine nächsten Sätze sprach. „Es ist das Schwerste in unserem Leben und zugleich das Einfachste.“ Noch einmal machte er eine Pause. „Du musst einfach nur loslassen.“ Der Junge spürte die Güte, die in diesen Worten lag. *Loslassen.* Kurz sträubte er sich noch dagegen. Er zögerte. Dann aber entschloss er sich, seinem Schicksal in die Augen zu sehen. Er akzeptierte den Tod seines Freundes. Er fand sich damit ab, dass keine Freundschaft für die Ewigkeit war. Er nahm sein Leben so an, wie es war. *Die Dinge geschehen, wie sie geschehen.* Bei diesem Gedanken erfasste ihn eine große Erleichterung. Eine Last, die er schon seit Jahrhunderten zu tragen schien, begann plötzlich von ihm abzufallen.

Auf den schwarzen Klippen stand nahe seiner Hütte der alte Fischer. Ein Lächeln glitt über sein Gesicht. Der junge Mann hatte Erfolg gehabt. Er hatte es vermocht, der ersten von sieben Seelen ihren Frieden zu bringen. Die Unerfüllbarkeit, die manchmal mit der Liebe verbunden ist, war die Ursache für ihr Leid gewesen. Jahrhunderte hatte es gedauert, aber nun hatte diese Seele akzeptieren können, dass ihr Streben danach immer vergeblich sein würde.

Zwischen den Steinen hatte Deon schließlich den kleinen Gegenstand gefunden. Nun hielt er ihn in seiner Hand und betrachtete seine Inschrift. Der alte Ring war schön. Fast kam er ihm bekannt vor. Aber er wusste, dass er ihm seinerzeit keine Aufmerksamkeit geschenkt hatte. Dafür sagte Deon der Name umso mehr, der auf seiner Innenseite stand. Er rief in ihm eine Erinnerung hervor, die ihm schon lange nicht mehr in den Sinn gekommen war. Die wenigen Buchstaben waren immer noch so deutlich zu lesen, als wären sie erst kürzlich dort eingraviert worden. *Jorid.* Als er den Namen erneut vor Augen hatte, erfasste ihn ein Gefühl tiefer Schuld. Doch es währte nur kurz. Denn nun war sie getilgt.

Der junge Mann hatte tatsächlich Anfängerglück gehabt. Das Universum hatte es wie immer bereitgehalten. So hatte es schon in vielen Büchern gestanden. Sechs weitere Seelen waren jedoch noch übrig. Deon wusste, dass es von nun an schwieriger werden würde. Aber auch er ahnte nicht, welchem Widerstand der junge Mann bald ausgesetzt sein würde. Die Beharrungskräfte waren stark in dieser Welt, und ihnen waren die Ereignisse dieser Nacht nicht entgangen. Als sich Sal schließlich von dem Jungen im Dorf verabschiedete, richteten sie auch schon ihre Blicke auf ihn.

Eine dunkle Gestalt stand in sicherer Entfernung und beobachtete, wie der Knabe in seiner Hütte verschwand. Wolken hatten den Mond immer wieder verdunkelt, und so hatte die Person leichtes Spiel gehabt, das Meiste von dem unbemerkt zu verfolgen, was in den letzten Stunden passiert war. Ganz verändert war der Junge von seinem nächtlichen Ausflug mit dem Fremden zurückgekehrt. Er hatte etwas getan, was nach der Meinung desjenigen, der ihre Schritte seit ihrem Aufbruch überwacht hatte, gegen das höchste Gesetz verstieß, das es in Paternoster gab.

Die Gestalt verfolgte Sal von der Hütte des Knaben und als er sich auf den Weg zu seinem eigenen Haus machen wollte, stellte sie sich ihm entgegen. „Das hättest du nicht tun dürfen, Aba." Sal glaubte kaum, wer da vor ihm stand. „*Sie* mögen dir einen heiligen Auftrag gegeben haben. Aber wer aus dem Dorf den verbotenen Strand betreten darf, bleibt alleine mir überlassen." Der Älteste schaute ihn bei diesen Worten finster an. Es war derselbe kühle Blick, den Sal nun schon sooft bei ihm bemerkt hatte. So hatte er ausgesehen, als er ihm bei den Fischerbooten die Hilfe für seine Söhne verweigert hatte, und dann nochmals bei dem Jungen in der brennenden Hütte. Sal ahnte, dass dieser Blick auch für ihn nichts Gutes bedeuten würde.

Kapitel 26

„Was hast du mit dem Jungen an dem verbotenen Strand gewollt, Aba?“, fragte der Dorfführer misstrauisch. Zunächst hatte er noch Respekt davor gehabt, dass der Fremde scheinbar einem heiligen Auftrag von *ihnen* folgte. Er hatte Sal unterstützt und ihm jeden Zugang gewährt. Aber das war nicht ganz uneigennützig gewesen. Auch *ihren* Willen zu erfüllen, war dabei nur ein Vorwand für ihn gewesen. Vielmehr musste der Älteste herausfinden, was es mit diesem Fremden eigentlich auf sich hatte. Warum war er in Paternoster? Was genau hatte er vor?

Die Autorität des Ältesten war im Dorf bislang unbestritten. Seine Familie wachte seit Generationen über die Gesetze. Viele Regeln stammten schon von seinen Vorfahren, aber manche hatte auch er selbst erst aus dieser Position heraus festgelegt. Sie sicherten seine Macht. Das Verbot, den heiligen Strand zu betreten, gehörte ebenso dazu wie auch die Prüfung, die darüber entschied, wer ein Fischer werden durfte. Die Überlieferung, dass alte Seelen aus Paternoster auf der See ihr Dasein fristeten und nur bei Vollmond zum alten Strand hinter den Felsen kommen würden, hatte er sich dabei zu Nutze gemacht. Jeder im Dorf fürchtete sich vor *ihnen*. Nur er selbst glaubte nicht an diese Spukgeschichten. Dennoch wusste er stets seine Anweisungen auf *ihren* Willen zu stützen.

Zudem besaß seine Familie das Heilige Buch und damit das Wissen um die älteste aller Geschichten über Paternoster. Schon die Berührung dieses Heiligtums war allen verboten, wenn man nicht den Zorn der Seelen auf sich ziehen wollte. Allein der Älteste hatte das Recht dazu. Nur er durfte darin lesen. Das war eins der ersten schlauen Gesetze, die bereits ein Urahn des Dorfführers ersonnen hatte. Das Buch legte auch fest, dass er zugleich der Anführer der Fischer war. So hatte er als Dorfoberster die kräftigsten Männer unter seinem Befehl und bestimmte deren Hierarchie. Wer sich nicht vom Aberglauben abschrecken ließ, den beeindruckte spätestens diese physische Machtpräsenz, die sich immer zeigte, wenn die Männer morgens zum Fischen in die raue See aufbrachen.

Niemand im Dorf und auch kein Fremder hatte diese Stellung des Dorfführers bislang bedrohen können. Auch dem sonderbaren jungen Mann würde das nicht gelingen, denn der Älteste hatte längst einen Plan geschmiedet. „Was hast du mit dem Knaben dort am verbotenen Strand gemacht, das euch später zum Friedhof geführt hat?" Sal spürte, dass es dem Dorfführer längst um etwas ganz anderes ging, als den heiligen Strand von Paternoster vor unbefugtem Zutritt zu bewahren.

„Ihr wisst, dass ich darüber schweigen muss." Der Älteste sah ihn lange an. Finsternis sprach aus seinem Blick. Aber Sal bemerkte auch einen Funken boshafter

Freude darin. Als wäre es genau die Antwort gewesen, die der Dorfoberste sich erhofft hatte. „Nun gut", sagte er scheinbar zufrieden, als akzeptiere er auch das als *ihren* Willen. „Vielleicht überlegst du es dir ja doch noch einmal anders." Bei diesen Worten bemerkte Sal, dass sie nicht mehr alleine waren, denn hinter ihm waren zwei kräftige Fischer aufgetaucht. „Im Gatter wirst du ausreichend Zeit haben, darüber nachzudenken, Aba", sagte der Dorfführer, und ehe Sal sich´s versah, hatten sie ihn ergriffen und zogen ihn mit sich. Sie brachten ihn über die vielen Wege bis zum großen Dorfplatz, doch Sal leistete kaum Widerstand.

Der Fremde weiß nicht, was ihn im Gatter erwartet, dachte der Älteste, *sonst wäre seine Gegenwehr größer.* Aber Sal kannte diesen Ort nur zu gut. Nichts auf der Welt hätte ihm die Erinnerung an diesen grausamen Platz nehmen können. Er hatte oft in seinem alten Leben beobachten müssen, wie ihr Anführer sich jeden im Dorf gefügig machte, den er dort hatte einsperren lassen. Es war ein umzäunter Platz inmitten des Dorfes, der keinen Schutz vor der Sonne bot. Die meisten hielten es nicht mal einen Tag dort aus und gelobten am Ende, alles zu tun, was der Älteste von ihnen verlangte. Die Seelen würden ihnen eine Wolke zu Hilfe schicken, hatte der Dorfführer stets kühl erklärt, wenn jemand die Bestrafung in Frage stellen wollte. Aber er wusste nur zu gut, dass es kaum Wolken am Himmel über Paternoster gab. Auch die behielt die See für sich. Sal würde es also nicht lange im Gatter aushalten. Aber das brauchte er auch nicht, denn er hatte längst seinen eigenen Plan ersonnen, wie er dieser Folter entrinnen konnte.

„Lasst mich erst in die Kirche, um ein letztes Gebet zu sprechen", sagte Sal, als sie an dem Holzbau vorbeikamen. Er wusste, dass man einem Fremden seinen Glauben nicht verbieten durfte. Das vermochten selbst die Seelen nicht zu fordern, und der Älteste konnte dagegen nichts vorbringen. Der Dorfführer überlegte. Er wusste, dass seine Macht ab dem Gartentor endete, hinter dem der Weg zur Kirche führte. Aber das konnte Aba, wie sich dieser Fremde nannte, in der kurzen Zeit kaum in Erfahrung gebracht haben. Prüfend sah er ihn an. Dann bemerkte er die Blicke der beiden Fischer. Auch sie wussten, dass man sich gegen den Wunsch eines Menschen, seinen Glauben auszuüben, nicht stellen durfte. Der Älteste musste den Fremden also gewähren lassen. Das Risiko einer möglichen Flucht schien ihm geringer, als die Gefolgschaft seiner Männer zu verlieren.

„Wir bringen dich zur Kirche", sagte der Dorfführer. „Du hast freies Geleit dorthin." Die drei folgten Sal in kurzem Abstand. Ruhig schritt er voran, und nur wenige Meter trennten ihn noch vom Gartentor, als plötzlich die Stimme des Ältesten ertönte. „Moment!", sagte er und Sal stockte. Hatte der Dorfführer etwas bemerkt? Seine Rettung vor Augen, war Sal die letzten Meter etwas schneller gegangen. Dem Dorfobersten war das nicht entgangen. Der Fremde schien eher auf der Flucht zu sein, als dass er wie ein Gläubiger in sich gekehrt auf dem Weg zum Gebet voranschritt. Nun wollte der Älteste die Wahrheit in dessen Augen sehen.

Doch Sal drehte sich nicht mehr um. Er rannte los und war nach kurzer Zeit am Gartentor angelangt. Schon auf dem Weg zur Kirche, hörte er noch die zornigen Rufe des Dorfführers hinter sich: „Stehen bleiben, du Ungläubiger!"

Ein lautes Wummern riss den Pfarrer aus seinem Schlaf. Er glaubte zunächst, der Wind hätte eins der Kirchentore gelockert und es gegen den Rahmen schlagen lassen. Schlaftrunken ging er bedächtigen Schrittes durch sein Häuschen zur Kirche. Ein kleiner Flur verband die beiden Gebäude, und so gelangte er bald zum Nebeneingang, der direkt von seiner Bleibe in den Kirchenraum führte. Als er dort ankam, beschleunigte er seinen Gang. Fast wäre der Pfarrer im Dunkeln gestolpert, denn er hatte vergessen, dass der Kirchenraum einen neuen Anstrich bekam. Eimer und Leiter des Malermeisters standen noch dort. Immer lauter schlug jemand gegen das Kirchentor. Hilferufe waren zu vernehmen, und als der Pfarrer mit seinem schweren Schlüssel das Schloss öffnete, stand vor ihm der verängstigte Fremde.

„Gewährt mir Zuflucht. Ich bitte Euch", flehte Sal. Der Pfarrer sah den Mann, den er nur unter dem Namen Aba kannte, verwundert an. Dann entdeckte er die drei Männer in seinem Vorgarten. Als er unter ihnen den Dorfführer erkannte, brauchte er keine Fragen mehr zu stellen. „Kommt herein, hier seid Ihr sicher", sagte er zu Aba. Der Pfarrer kannte die heidnischen Bräuche, mit denen der Älteste das Dorf beherrschte, und sein Glaube konnte dem wenig entgegensetzen. Er hatte die Gemeinde zwar missioniert und zu braven

Kirchgängern erzogen. Aber die alten Geschichten von den toten Seelen beherrschten immer noch die Geschicke dieses Fischerdorfes.

„Er wird sich nicht ewig bei Euch verstecken können", hörten sie den Dorfobersten noch wütend rufen, als das Tor schon längst wieder verschlossen war. Mit gütiger Miene nahm der Pfarrer den Hilfesuchenden mit in sein Haus. Als sie durch den kleinen Gang in die Wohnstube gelangten, spürte Sal plötzlich, dass er seiner zweiten Seele näher war, als er zuvor noch hatte hoffen können.

Kapitel 27

Das letzte Rettungsboot war inzwischen auf sicheren Abstand zu dem sinkenden Schiff gegangen. Der Kapitän hatte befohlen, es außer Gefahr zu bringen. Ihre Sicherheit würde das erfordern, war seine Begründung. Aber die vier Matrosen ahnten, dass es etwas anderes war, das ihren Kapitän dazu gebracht hatte, den Steuermann mit dem Schiffsjungen an Bord zurückzulassen.

„Wir müssen ihnen helfen", hatte noch einer von ihnen einzuwenden versucht. Aber Brand war unnachgiebig geblieben. „Der Steuermann hat sein Schicksal selbst gewählt. Er hat gegen meinen Befehl gehandelt." Daraufhin hatten sich die vier still angesehen, bis einer von ihnen noch einen Versuch wagte: „Aber der Schiffsjunge ist noch unverschuldet an Bord." Der Kapitän sah ihn durchdringend an. „Der Schiffsjunge ist verloren. Das Schiff geht bereits unter. Wenn die Brücke so stark beschädigt ist, dass er eingeschlossen wurde, kann ihm niemand mehr helfen." Alle aber spürten, dass irgendetwas nicht stimmte. „Warum ist er in die Kapitänskabine gegangen?", wagte sich ein dritter ein letztes Mal vor. Zorn war jetzt im Blick des Kapitäns zu sehen. Er wusste, dass er diese Befragung beenden musste, wenn es nicht noch zu einem ernsten Aufstand kommen sollte. „Woher soll ich das wissen? Vielleicht wollte er das Logbuch holen“, sagte er und bemerkte den Zweifel, den er damit auslöste. „Wenn du glaubst, ihn retten zu können, schwimm zurück zum Schiff. Lange dauert es nicht mehr, dann geht es mit jedem unter, der sich dort noch einmal hinwagt.“

Damit kehrte Ruhe ein. Der vierte Matrose hatte gänzlich geschwiegen. Er hatte an Bord noch gehört, wie Brand selbst dem Jungen befohlen hatte, das Logbuch zu holen. Aber jetzt war nicht der richtige Moment, um davon zu sprechen. Denn alle fürchteten den Kapitän. Er war zu groß und zu kräftig, als dass alle vier zusammen eine Auseinandersetzung mit ihm gewinnen könnten. Das Rettungsboot schwankte auch so schon viel zu gefährlich im Sturm. Allein das Gewicht des stämmigen Kapitäns glich aus, dass sie nur zu fünft und damit eigentlich zu wenige auf ihm waren.

„Da, schaut!“, sagte ein Seemann plötzlich und durchbrach damit das Schweigen. Alle sahen zum Schiff hinüber. Der Steuermann war wieder an Deck erschienen. Er starrte zum Rettungsboot. Sein Blick suchte den Kapitän, und als sich ihre Augen trafen, wussten beide, was zuvor auf dem Schiff geschehen war.

Der Kapitän hatte dem Schiffsjungen noch den Schlüssel zu der kleinen Kiste gegeben, damit er das Logbuch holen konnte. Kurz hatte er noch an Deck gewartet, dann aber war er ihm nachgegangen. Als er schließlich sah, wie Jorid den Schreibtisch absuchte, zog Brand die Kajütentür von außen zu und schloss den Jungen kurzerhand ein. Der Sturm verschluckte schnell dessen Rufen und Hämmern, das der Kapitän schon nicht mehr hörte, als er die Stufen zum Deck hinauf nahm.

„Brand!“, rief der Steuermann, und das war das Einzige, was sie auf dem Rettungsboot von ihm hörten. Immer wieder trug die See dieses Wort in ihre Ohren. *Brand!* Alle ahnten, was er damit meinte, doch keiner wagte es, noch etwas zu sagen. Ein falscher Satz hätte ihnen womöglich dasselbe Schicksal beschert, das ihre beiden Kameraden auf dem Schiff nun erwartete.

Furchtbar war der Anblick. Unerträglich machte ihn die See. Das Wort war jetzt überall zu hören. Es schien das einzige Geräusch zu sein, das den Sturm noch durchdrang. *Brand!* Fast hätte einer der Seeleute den Mut aufgebracht und wäre zurückgerudert, da hörten sie auch schon ein gewaltiges Krachen. Der Bug brach entzwei. Nur wenige Sekunden vergingen, bis sich das Schiff nach vorne beugte und schließlich zu sinken begann.

Der Steuermann schaute ein letztes Mal zum Rettungsboot. Dann verschwand er wieder unter Deck. Seine geretteten Kameraden blickten noch einmal zur Kapitänskajüte. Am vergitterten Fenster stand der Schiffsjunge wie in einer Todeszelle. Eine hohe Welle nahm ihnen kurz die Sicht. Dann war auch von ihm nichts mehr zu sehen.

Wenig später war das Schiff gesunken. Die See hatte sich zwei weitere Männer geholt. Die Matrosen im Rettungsboot starrten mit leerem Blick auf das offene

Meer. Sie hatten es nicht verhindern können. Immer noch hörten sie die Worte ihrer beiden Kameraden. Sie geisterten über das Wasser, als fänden sie keine Ruhe. *Brand! Eingeschlossen!* Doch der Kapitän hörte sie schon nicht mehr. Er kannte nun den Preis für seine Taten. Für diese Leben würde er mit seiner Seele bezahlen.

Kapitel 28

Aus dem Mann, der sich am Strand dem Koch und dem Matrosen genähert hatte, waren inzwischen zwei geworden. Sie liefen so dicht nebeneinander, dass sie von Weitem wie einer erschienen. Schon an Bord war es allen in der Mannschaft schwer gefallen, die hageren Zwillinge auseinanderzuhalten.

„Ich dachte, ihr wolltet mal zum Zirkus", begrüßte sie der Matrose ein wenig hämisch. Aber die beiden schauten sich nur kurz etwas verstohlen an. Sie hatten schon den ganzen Weg über gestritten. Warum es ihn so leicht vom Mast geweht habe, hatte der eine Bruder den anderen vorwurfsvoll gefragt. Schließlich sei er es doch gewesen, der lieber gleich aufs Trapez in die Manege gewollt hätte, anstatt erst mal aufs Schiff zu gehen. „Dort wären wir zumindest in ein sicheres Netz gefallen", gab nun der andere erbost zurück. „Aber du warst ja der Meinung, wir müssten erst richtiges Geld verdienen, bevor wir uns so ein Artistenleben leisten könnten." „Geld brauchen wir ja nun auch keins mehr", sagte sein Bruder noch verbittert. Dann herrschte Stille. Sie wussten beide, wer in Wahrheit die Schuld an ihrem Schicksal trug.

„Mit dem Ruder verstehst du zumindest noch schlechter umzugehen als wir bei Sturm mit dem Segel“, hielten beide nun dem Matrosen vor. „Wenn der Dicke etwas mehr Gleichgewichtssinn gehabt hätte, wäre das kein Problem gewesen“, verwies dieser sie weiter an den Koch. Der stand verängstigt daneben und wagte es nicht, ein Wort zu sagen. „Keine Sorge“, sagte der Matrose, als er es bemerkte, „wir hängen dich schon nicht auf dafür.“ Nach einer gespenstischen Pause fügte er hinzu: „Das bringt ja nun ohnehin nichts mehr.“ Dann brachen der Matrose und die Brüder in ein höhnisches Gelächter aus. Dem Koch jedoch jagte es erneut einen Schauer über den Rücken. Aber das Seltsame war, dass er auch den nicht spürte. Er sah seine Gänsehaut auf den blassen Armen und fühlte doch nichts.

„Hört auf damit!“, ertönte plötzlich eine Stimme hinter dem Koch. Er erschrak, als er sich umdrehte und sah, von wem sie kam. Der zweite Matrose, der mit ihm im Rettungsboot gesessen hatte, war wie aus dem Nichts aufgetaucht. Unbemerkt von der Gruppe war er schon länger an diesem Strand gewesen. Aber er hatte wenig Lust verspürt, sich zu zeigen, bevor nicht alle versammelt waren. „Ihr wisst, wem wir das hier zu verdanken haben!“, rief er in die Runde und sofort kehrte Ruhe ein. Dieser Matrose hatte immer die größte Autorität unter ihnen besessen. Kapitän hätte er eines Tages werden sollen. Sein eigenes Schiff hatte er besitzen wollen. Das Gold der Fahrt hätte den Anfang dafür gemacht. Dieser Matrose strebte allein nach der Macht.

„Dann sind wir jetzt vollzählig“, verkündete sein Kamerad. „Nun wird es nicht mehr lange dauern, bis wir *ihn* hier treffen werden.“ Die Zwillinge schauten grimmig. Ihre Blicke wanderten von einem zum anderen. Der Koch sah es mit Schrecken. Was hatten sie bloß vor?

„Es fehlen noch zwei!“, sagte der Matrose, der zuletzt aufgetaucht war, und überraschte die Gruppe mit diesen Worten. „Aber wir waren doch nur fünf?“, fragte verwundert sein Kamerad und verstand nicht recht. Dann trafen ihn dessen glasige Augen mit einem finsteren Blick. „Wir sind inzwischen sieben!“ Alle spürten, dass es die Wahrheit war.

Beklommenheit machte sich unter allen breit. Obwohl auch sie schon längst nichts mehr fühlten, bedauerten sie doch das Schicksal ihrer beiden Kameraden. Nur bei dem Fünften unter ihnen verhielt es sich anders. Er hatte in seinem Leben keine Liebe gekannt. Was er einst dafür gehalten hatte, hatte ihn früh betrogen. So war es die Kälte des Goldes, die allein in seinen Adern floss. Sie verlangte nach Vergeltung, und es würde nicht mehr lange dauern, bis er sie auch bekommen sollte.

Kapitel 29

„Was war das für ein Lärm?“, fragte der Mann, der ihnen in der Wohnstube des Pfarrhauses plötzlich gegenüberstand. Sal bemerkte sogleich, dass er eine gewisse Ähnlichkeit mit dem Pfarrer hatte, als dieser ihn auch schon vorstellte: „Kennt ihr meinen Bruder?“ Aber Sal kannte ihn nicht wirklich gut. Als Aba hatte er ihn nur einmal bei der Beerdigung des Jungen gesehen, und auch in seinem alten Leben hatte er kaum Kontakt zu ihm gehabt. Er wusste nur, dass er mit seiner Frau und den beiden Töchtern bei seinem Bruder lebte. Das kleine Häuschen neben der Kirche war groß genug für eine Familie, und da der Pfarrer alleine war, hatte er irgendwann seinen Bruder bei sich aufgenommen. Die Familie bewirtschaftete den kleinen Garten hinter dem Pfarrhaus und ging nur selten ins Dorf. Diente dieser Ort gar auch ihr als Zuflucht?

„Aba hat bei uns Schutz gesucht“, erklärte der Pfarrer seinem Bruder. Der war ein ebenso gütiger Mensch wie er selbst. „Willkommen. Fühlt Euch ganz wie zu Hause.“ „Was hat der Älteste von Euch gewollt?“, fragte der Pfarrer, aber er sah, dass Sal darüber nicht reden wollte. „Wir können auch morgen dazu sprechen. Am besten richten wir Euch erst einmal ein Bett in der Wohnstube her.“ Der Bruder des Pfarrers bot sogar ein Zimmer seiner Töchter an. Seine beiden Kinder könnten sich auch vorübergehend einen Schlafraum teilen, hatte er gesagt, aber Sal war dankbar, im Wohnzimmer zu schlafen und so dichter bei der Kirche zu sein. Sollte der Älteste es wagen, in das Pfarrhaus einzudringen, würde Sal schnell über den Flur in das sichere Gotteshaus kommen. Er ließ sich auf dem Sofa nieder und schlief rasch ein. So bemerkte er auch nicht, wie später noch jemand an dem Wohnzimmer vorbei über den Flur des Hauses zur Kirche schlich.

Der Dorfälteste hatte nicht vor, das Pfarrhaus stürmen zu lassen. Er hatte längst einen besseren Plan ersonnen. Schnell hatte er seinen Rückschlag verkraftet. Aba würde ihm nicht noch einmal so leicht entwischen. Denn es gab da ja noch den Knaben, den der Fremde an den verbotenen Strand geführt hatte. Er habe ihm nur geholfen, den Verlust des Freundes zu verwinden, hatte dieser Knabe immer wieder beteuert. Aber schon nach wenigen Stunden Gewahrsam im Gatter hatte er alles gesagt, was der Älteste von ihm hören wollte. So glaubte nun jeder die Geschichte, die der Dorfoberste verbreiten ließ: Der Fremde führe ihre Kinder des Nachts auf den Friedhof, um mit deren Seelen die Toten zu erwecken. Er wolle ein Dorf der Geister errichten und so die Gunst der verstorbenen Seelen erlangen. Diese Erzählung war so schauerlich, dass selbst die Macht der Kirche nicht lange dagegen standhalten würde.

„Ihr habt bis zum Sonnenaufgang Zeit, ihn herauszugeben“, stellte der Dorfälteste sein Ultimatum bereits am nächsten Tag. Er hatte die gesamte Gemeinde mitgebracht und wusste die Sorge der Mütter und Väter auf seiner Seite. „Falls ihr Euch weigert, brennen wir das Pfarrhaus nieder“, drohte er. Das sei Gotteslästerung, versuchte der Pfarrer einzuwenden, aber der Älteste hatte längst auch diese Macht gebrochen. „Nur ein Gott der Untoten beschützt so einen Fremden“, schloss der Dorfführer, und der Pfarrer wusste, dass er nicht nur sein Haus, sondern noch viel mehr verlieren würde, wenn ihm nicht schnell etwas einfallen würde.

Mehrere kräftige Fischer bewachten nun den Bau, und kaum einer aus dem Dorf wagte sich mehr in die Kirche. Nur der Maler kam noch zu seiner Arbeit dort und verband es mit der täglichen Beichte. Der Tag verging schnell. Bald schon aß die Familie des Pfarrers zu Abend. Gemeinsam mit ihrem Gast beratschlagten sie, was nun zu tun sei. Die Diskussion war in vollem Gange, da bemerkte Sal, dass die beiden Töchter immer stiller wurden. Sie hatten ihr Essen kaum angerührt. Bekümmert stellte das auch ihr Vater fest. „Glaubt nicht an das, was der Älteste über Aba erzählen lässt“, sagte er, und wieder lag so viel Güte in seinen Blick. „Hört auf euer Herz und bleibt in der Liebe zu Gott.“ Doch als sie sich immer noch nicht recht beruhigen wollten, fügte ihre Mutter hinzu: „Vertraut auf die Liebe eurer Eltern.“ Sal bemerkte plötzlich, wie sich an dem Tisch bei einem Anwesenden ein Gefühl der Wehmut regte. Irgendjemand von den fünfen schien betrübt. Sal blickte zu dem Pfarrer. Aber dann war diese Empfindung verschwunden.

„Am Morgen werde ich mich noch vor Sonnenaufgang stellen“, sagte Sal entschlossen. Er wollte nicht, dass seinen Beschützern auch noch ein Leid geschah. Dann kehrte Stille ein, und selbst die beiden Töchter blickten nun sorgenvoll auf den Fremden. Alle wussten, dass ihm nichts Gutes bevorstand, wenn er sich selbst ausliefern würde. „Ich denke, es gibt einen anderen Weg“, sagte der Pfarrer plötzlich, und was er ihnen dann erzählte, klang sehr riskant. Aber es schien besser zu sein, als den Fremden seinem Schicksal zu überlassen.

Nachdem sie ihren Plan noch einmal durchgegangen waren, gingen alle schnell ins Bett. Am Morgen würden sie ausgeruht sein müssen, wenn ihre Tat gelingen sollte. Die Töchter schliefen schnell ein, und wenig später hörte Sal auch von ihren Eltern und dem Pfarrer nichts mehr. Das Haus ruhte nun friedlich, und nur die beiden Wachen am Eingang zeugten davon, wie bedrohlich die Lage eigentlich war.

Auch Sal war beinahe eingeschlafen, als er plötzlich einen Schatten bemerkte, der zu ihm in die Wohnstube schlich. Fast wäre er schon aufgesprungen, da sah er, dass die Person sich in Richtung der Kirche bewegte. Regungslos lag Sal noch eine ganze Weile da. Dann folgte er dem Menschen, der das Haus inzwischen über den Nebeneingang verlassen hatte. Wollte da jemand etwa das Kirchentor aufsperren und die Fischer hereinlassen? Das machte für Sal wenig Sinn, und als er der Person nachging, fand er auch die Tür im Vorraum der Kirche verschlossen vor. Aber wo war diese seltsame Gestalt nur hin, die Sal bis hierher verfolgt hatte?

Ein Gedanke ließ ihn zusammenfahren. War es etwa wieder so eine Erscheinung vom Strand, der er hier begegnet war? Dann hörte er plötzlich ein Geräusch von oben und sah die kleine Treppe, die vom Vorraum aus zum Kirchturm führte. Sal nahm all seinen Mut zusammen und ging langsam die Stufen hinauf. Dann spürte er auf einmal wieder einen leichten Schmerz. Die Empfindung von Wehmut und Traurigkeit, die er schon am Abend zuvor bemerkt hatte, wurden mit jedem Schritt stärker, den er zurücklegte. Als er oben angelangt war, schien es ihm geradezu unerträglich. Sal folgte dem Gefühl und sah, woher es kam. Im Turm saß im Schatten eines Balkens die Person, der er nachgegangen war. Sie erschrak, als sie Sal bemerkte, und fragte: „Was macht Ihr hier um diese Zeit?"

„Dasselbe könnte ich Euch fragen", gab Sal zurück und bemerkte dabei, wie bei diesen Worten das Gefühl noch einmal stärker wurde, das er auf dem Weg hierher gespürt hatte. Der Bruder des Pfarrers senkte den Kopf und sagte: „Ich bin gerne allein hier oben. Vor allem nachts, wenn alles still ist und man nur das Rauschen des Meeres hört." Sal konnte fühlen, wie der Schmerz zu ihm vordrang, den der Bruder bei diesen Sätzen zu empfinden schien. „Darf ich mich zu Euch setzen?", fragte er zögernd und fügte hinzu, als er dessen Unsicherheit bemerkte: „Es wird für mich vielleicht das letzte Mal sein." Der Bruder des Pfarrers nickte stumm, und Sal ließ sich neben ihm nieder.

Schweigsam betrachteten sie den Abendhimmel. Es dauerte noch eine Ewigkeit, bis sich Sal ein Herz fasste und sagte: „Ihr trauert." Erschrocken wandte sich der Bruder ihm zu. Angst stand ihm ins Gesicht geschrieben. Furcht schien es zu sein, jemand könne sein Geheimnis erraten haben, das er nun doch schon sein ganzes Leben lang so sorgsam gehütet hatte. „Keine Sorge", versuchte Sal, ihn zu beruhigen. „Ich habe einen solchen Schmerz auch schon bei dem Knaben gespürt. Am Ende habe ich ihn von seiner Last befreien können."

Kurz dachte der Bruder des Pfarrers an die Erzählung von den Untoten, dann aber sah er den warmherzigen Blick des Fremden, der ihm nur Gutes zu wollen schien. „Deshalb bin ich hier", sagte Sal und hielt inne. Die Brandung rauschte. Eine Möwe schrie. Dann aber entschloss er sich, noch einen Schritt weiterzugehen. Denn er hatte seine zweite Seele gefunden. Ihr gegenüber durfte er sich bestimmt zu erkennen geben.

„*Sie* haben mich geschickt", sagte Sal, und der Mann erschrak. Er wollte aufspringen, aber Sal hielt ihn zurück. Der Bruder des Pfarrers spürte Sals Hand auf seiner Schulter. Kaum hatte sie ihn berührt, standen sie plötzlich gemeinsam im Kirchenvorraum. Es war inzwischen Tag, und der Bruder des Pfarrers schien jetzt deutlich jünger. Verängstigt sah er sich um. „Keine Sorge, es passiert nur in Eurem Geist", sagte Sal ruhig, und als der Mann erkannte, welcher Augenblick es war, zu dem ihn der seltsame Fremde geführt hatte, sagte er leise: „Hier war ich schon mal." Wehmütig fügte er hinzu: „Aber das ist lange her." Dann sah er die Treppe hinauf und dachte über etwas nach. Plötzlich glitt ein Lächeln über sein Gesicht. Er löste sich von Sal und ging langsam auf die Stufen zu. Bedächtig ging er Schritt für Schritt zurück in den Kirchturm, und nachdem er dort angelangt war, ließ er seinen Blick schweifen. Er schien nach etwas zu suchen.

Mattes Sonnenlicht fiel nun in diesen Raum. Es war ein schwüler Sommertag. Kleine Partikel schwebten in der schweren Luft des hölzernen Turmes und glänzten wie Sterne. *Wir sind aus Sternenstaub.* Mitten in dieser Galaxie aus glitzernden Wolken sah er es. Das Mädchen saß ganz am Rande dieses Kosmos aus reflektiertem Licht unter einem Balken und wartete. Sollte er diesmal zu ihr gehen?

Er überlegte nicht lange und setzte sich direkt neben sie. *Hast du schon einmal ein Mädchen geküsst?*", hörte er sie wieder diesen Satz sagen, den er sein Leben lang nicht vergessen hatte. Die Frage machte ihn etwas nervös. Er zögerte. Immer wieder hatte er sich an diesen Augenblick erinnert, wenn er nachts in den alten Turm geklettert war und den Mond betrachtet hatte. Sekunden vergingen. Wie eine Ewigkeit fühlte es sich an. Dann hörte er sie sagen: „Lass uns besser hinuntergehen." Er erschrak und sagte schnell: „Warte!" Nach einem kurzen Moment fügte er hinzu: „Die Stimmung ist gerade so schön." Bei diesen Worten schien die Sonne hinter ihr und erleuchtete ein ganzes Universum. Dann schloss sie seine Augen. Im nächsten Moment spürte er ihre Lippen. Sie küssten sich, und ein Gefühl, das er bisher im Leben noch nicht gekannt hatte, strömte durch seinen gesamten Körper. Nichts war je schöner gewesen.

Als er die Augen wieder öffnete, war es wieder Nacht. Er saß im Schatten des Turmes und Sal war wieder bei ihm. Der Mond schien zum Fenster hinein und die Trübsal, die Sal eben noch deutlich in diesem Mann gespürt hatte, war verflogen. „Jetzt weißt du, wie es sich angefühlt hätte", sagte Sal und schaute ihn ruhig dabei an. Der Bruder des Pfarrers lächelte. In diesem Lächeln lag nun mehr als nur die Güte. So sah das Glück aus.

Schweigend waren sie ins Pfarrhaus zurückgegangen. Wortlos hatten sie sich voneinander verabschiedet. Sal wollte sich gerade wieder schlafen legen, da zerriss ein Schrei die Stille der Nacht. Als der Bruder des Pfarrers wieder im Zimmer stand, fragte er Sal nur voller Entsetzen: „Wo sind meine Töchter?"

Kapitel 30

Doch nicht nur die Töchter des Pfarrerbruders waren verschwunden, sondern auch seine Frau und sogar der Pfarrer selbst waren nicht mehr da. „Was ist geschehen?", fragte der Bruder des Pfarrers und dachte dabei erneut an die Geschichten über den Fremden und dessen Hexerei. Hatte er etwa die Seelen seiner Familie geraubt, um die Toten damit zu erwecken?

„In dieser Welt gibt es sie nicht." Sal hatte tief in sich hineingehorcht. Alle Ereignisse, die dieser Kuss vor vielen, vielen Jahren zur Folge gehabt hatte, hatten sich ihm offenbart. In einem Wimpernschlag war dieses Leben an ihm vorbeigeflogen. „In dieser Welt lebst du ganz allein in deinem Haus", sagte er zu dem Mann, der jedoch noch immer nicht begriff.

„Wo ist mein Bruder? Wer ist der Pfarrer in unserem Dorf?", fragte er Sal, doch dieser schaute ihn nur lange an. „Du bist der Pfarrer in diesem Leben." Ungläubig hörte der Mann zu, bis Sal ihm erneut die Hand auf die Schulter legen wollte. Doch dieses Mal wich er zurück. „Keine Sorge", sagte Sal, „lass mich dir kurz zeigen, was inzwischen geschehen ist, seit du dieses Mädchen zum ersten Mal geküsst hast." Der

Mann entspannte sich ein wenig, und Sal legte ihm wieder seine Hand auf die Schulter.

Als der Mann wenig später die Augen öffnete, hatte er gesehen, wie dieser Kuss sein Leben verändert hatte. Denn das Mädchen war nicht lange bei ihm geblieben. Am Ende hatte es seinen Bruder geheiratet und war mit ihm fortgegangen. Aber er hatte sie nicht vergessen können. Nie war er darüber hinweggekommen. So hatte er sich schließlich Gott zugewandt und war selbst der Pfarrer des Dorfes geworden. Es war ein friedvolles Leben. Aber Familie hatte er keine mehr. An die Stelle der Trübsal war nun die Einsamkeit getreten.

„Was habe ich bloß getan?", fragte der Mann verzweifelt. Sal lächelte sanft. „Würdest du es gern ungeschehen machen wollen?" Der Mann überlegte keine einzige Sekunde. „Sofort, wenn ich nur könnte", sagte er hoffnungsvoll, und Sal sah ihn lange an. „Aber den Kuss würdest du vergessen. Du würdest ihn wieder vermissen, wie schon zuvor, und Wehmut würde wieder an seine Stelle treten." Müde schaute der Mann ihn an und sprach: „Für meine Kinder würde ich alles tun." Das konnte Sal nur allzu gut verstehen. Dann legte er ihm nochmals die Hand auf die Schulter. Im nächsten Augenblick saßen sie wieder zusammen unter dem Balken im Kirchturm. Es war der Moment, unmittelbar bevor Sal den Mann zurück in seine Vergangenheit geführt hatte. Die Reise zu dem Mädchen hatte noch nicht stattgefunden.

Wieder rauschte die Brandung. Wieder schrie eine Möwe. „*Sie* haben mich geschickt", sagte Sal erneut. Aber anstatt aufzuschrecken, ließ der Mann dieses Mal einen Moment verstreichen. Nach einer kurzen Pause sagte er bloß: „Ich weiß." Dann fügte er noch hinzu: „Dafür bin ich *ihnen* dankbar." Seine Erinnerung an den Kuss verschwand augenblicklich. Ein wenig Wehmut kam auf. Aber auch dieses Gefühl ließ nach, als der Mann nun an seine Familie dachte. Verwundert fragte Sal: „Was ist passiert?" Doch der Mann sah ihn an und sprach: „Nichts. Und das ist auch gut so."

Zurück in der Wohnstube spürte Sal, dass die Trübsal aus dieser Seele verschwunden war. Irgendetwas hatte dieser Mann ebenso losgelassen, wie schon der Knabe zuvor. Wenngleich Sal nicht recht wusste, was es war. Nur eine einzige Erinnerung an die Ereignisse dieser Nacht hatte er selbst behalten. Aber ihretwegen ahnte Sal, dass er es war, der dem Pfarrerbruder geholfen hatte. „Ich danke Euch", sagte dieser ihm nun zum Abschied. Sal sah ihn gütig an und fragte: „Was habt Ihr da oben gewollt?" Kurz hielt der andere noch einmal inne, bevor er sprach: „Ich glaubte, dort etwas verloren zu haben. Dabei war es die ganze Zeit hier bei mir." Mit diesen Worten ging er zu seiner Familie. Bei ihr blieb er fortan jede Nacht und kehrte nie wieder in den Kirchturm zurück.

Als Sal später einschlief, hatte er nicht nur eine weitere Seele gerettet. Er wusste nun auch, wem es noch zu helfen galt. Dem Pfarrerbruder gegenüber hatte er so getan, als hätte er nichts von seiner Geschichte mitbekommen. Doch würde er das Mädchen, das dieser Zeit seines Lebens hatte küssen wollen, nicht vergessen können. Denn Sal hatte längst erkannt, wer sie inzwischen war.

Kapitel 31

Kurz vor Sonnenaufgang hatten sich alle Dorfbewohner vor dem Pfarrhaus versammelt. Auch Rhu und Cah standen in der Menge. Nur ihre Tante war dem Ereignis ferngeblieben. Mit Sorge hatten die beiden Brüder an dem Abend nach der Beerdigung irgendwann bemerkt, dass Aba nicht mehr heimgekommen war. Dann hörten sie auch schon die Geschichten, die der Älteste über ihn erzählen ließ. Zwar kannten sie den Fremden nicht gut, aber sie wollten auch nicht glauben, dass er mit böser Absicht in ihr Dorf gekommen war. So standen sie nun mit den anderen Bewohnern vor dem Haus und hofften, dass der Tag noch ein gutes Ende nehmen würde.

Der Dorfführer war inzwischen erschienen. Im Gefolge führte er die kräftigsten Männer. Fackeln waren bereits entzündet. „Gebt ihn heraus, oder wir brennen das Haus nieder!“, ließ der Älteste seine letzte Warnung erklingen. Die Sonne sendete gerade ihre ersten Strahlen, da öffnete sich die Tür des kleinen Hauses. Heraus kam der Bruder des Pfarrers und schritt auf die Menge zu. Als er dem Dorfführer gegenüberstand, begann er zu sprechen: „Ihr könnt den Fremden mitnehmen. Wir haben ihm ein paar

Sachen gegeben. Die packt er gerade noch zusammen. Kommt herein. In der Wohnstube könnt ihr ihn in Gewahrsam nehmen." Der Älteste witterte eine Falle. Aber alle Augen waren auf ihn gerichtet. Er nahm zwei seiner kräftigsten Männer mit und folgte dem Bruder in das Haus. Als sie das Wohnzimmer betraten, war es leer. Die gepackten Sachen des Fremden lagen auf dem Tisch. „Wo ist er?", fragte der Dorfführer aufgebracht. „Er verabschiedet sich nur noch von meiner Frau und meinen Töchtern. Er wird gleich bei Euch sein. Nehmt gerne einen Moment Platz." Misstrauisch beäugte ihn der Oberste. Er hatte nicht vor, es sich hier gemütlich zu machen, und so hielt er seine Männer davon ab, sich zu setzen.

„Wo ist der Pfarrer?", fragte der Dorfführer weiter. „Er nimmt dem Maler die Beichte ab. Er ist heute früher als sonst gekommen und hat seine Arbeiten in der Kirche beendet." Nachdem der Älteste damit nicht zufrieden schien, fuhr der Bruder fort: „ Der Maler war sich nicht sicher, ob hier noch ein Pfarrhaus stehen würde, wenn er heute wie immer erst nach Sonnenaufgang käme." Die Antwort zog die Blicke der Männer auf sich. Der Älteste wusste, dass er mit der Drohung, das Haus Gottes anzuzünden, ans Äußerste hatte gehen müssen. Er durfte es nicht übertreiben. Beruhigt sah er durch eines der Fenster, wie der Pfarrer gerade dabei war, den Malermeister an der Kirchentür zu verabschieden. Er hatte tatsächlich Leiter und Eimer dabei. Danach kam der Pfarrer zu seinem Haus herüber. Er betrat das Wohnzimmer und begrüßte die ungebetenen Gäste.

„Wie lange dauert es noch?“, fragte der Älteste, nachdem sie eine Weile schweigend gewartet hatten. „Er wird gleich hier sein“, sagte der Pfarrer und deutete auf die Sachen des Fremden. Aber der Dorfführer fing an, die Geduld zu verlieren. Entkommen konnte der Fremde ihnen zwar nicht, denn rund ums Haus und die Kirche hatte er Männer postiert. Aber die Menge draußen wurde langsam unruhig. Als sie bereits eine Viertelstunde gewartet hatten, verlor der Oberste schließlich die Geduld. „Wir gehen ihn jetzt holen!“, sagte er und forderte mit strengem Blick seine Männer auf, ihm zu folgen. „Wartet“, versuchte der Pfarrer, sie zurückzuhalten, und sein Bruder rief ihnen noch hinterher: „Ihr werdet meine Töchter erschrecken.“ Aber aufhalten konnten sie die drei damit nicht. Schnellen Schrittes stürmte der Älteste nach oben. Im Flur stand bereits die Frau des Pfarrerbruders mit fragendem Gesichtsausdruck. Doch das Zimmer hinter ihr war leer. Also riss der Dorfführer die letzte verschlossene Tür auf, die noch vom Flur in ein Zimmer führte. Die Mädchen kreischten so laut auf, dass man es bis nach draußen hören konnte. Ihre Schreie ließen die gesamte Gemeinde zusammenfahren. Eltern nahmen ihre Kinder voller Sorge in den Arm.

Hasserfüllt starrte der Dorfoberste die beiden Töchter an. Außer ihnen war sonst niemand da. „Wo ist der Fremde?“, brüllte der Älteste sie an, doch die Mutter der Mädchen sagte: „Er ist schon vor einer Weile nach unten gegangen. Er muss Euch eigentlich begegnet sein.“ Zorn stieg dem Dorfführer ins Gesicht. „Blödsinn!“, sagte er und wandte sich seinen Männern zu. „Durchsucht alles! Stellt das Haus auf den Kopf. Seht auch in der Kirche nach!" Die Männer zuckten zusammen. Der Pfarrer und sein Bruder waren inzwischen dazugekommen. Sie waren den Schreien der Mädchen gefolgt. „Zur Kirche habt Ihr keinen Zutritt!" Aber der Oberste kannte in seiner Wut kein Halten mehr. Zum zweiten Mal würde der Fremde ihm nicht entwischen. „Sollen wir lieber alles niederbrennen?", drohte er dem Pfarrer.

„Ihr habt selbst gesehen, dass er nicht unten war. Wenn er auch nicht mehr hier oben ist, dann ist er vielleicht genauso seltsam wieder verschwunden, wie er einst aus dem Nichts im Dorf aufgetaucht war", sagte der Bruder des Pfarrers ruhig und klar. Der Älteste jedoch kochte. Aber dann sah er, dass die Worte bei seinen Männern verfingen. „Bevor Ihr Eure Männer also alles niederbrennen lasst, postiert doch weiterhin Wachen vor unserem Haus. Dann werdet ihr sehen, dass außer uns niemand mehr hier drinnen ist." Das schien seine Leute zu überzeugen. „Er hat durch meinen Bruder sicher zu Gott gefunden, und sich von allem anderen losgesagt." Die Worte des Pfarrerbruders verfehlten ihre Wirkung nicht. Schon konnte der Älteste Zweifel in den Gesichtern seiner Männer spüren. Grimmig verließ er das Pfarrhaus, und als er den Argwohn sah, mit dem ihn die Gemeinde empfing, wusste er, dass er diese Geschichte rasch würde beenden müssen.

Schnell sprach sich herum, dass der Oberste die Nichten des Pfarrers in Schrecken versetzt hatte. Die Schreie würde kein Dorfbewohner je wieder vergessen können. Aber noch schlimmer war es für den

Dorfführer, dass nicht er, sondern Gott selbst durch seinen Pfarrer dem vermeintlich bösen Treiben der Seelen ein Ende bereitet hatte. Der Älteste spürte, wie dieser Vorfall seine Stellung in dem Dorf zu schwächen begann. Sogar bei seinen Männern bemerkte er es rasch. Nicht lange konnte er sie als Wachen vor dem Pfarrhaus postieren. Schon in der zweiten Nacht gaben sie auf.

Aba jedoch blieb verschwunden. Lange verstand der Oberste nicht, wie ihm der Fremde hatte erneut durchs Netz gehen können. Schließlich hatte niemand das Pfarrhaus und die Kirche verlassen. Als er endlich begriff, was er übersehen hatte, war es für einen Zugriff bereits zu spät. Doch dann fiel ihm ein, wo er den Fremden vielleicht noch einmal antreffen würde. Schnell machte der Dorfführer sich auf den Weg. Schon bald würde seine Macht wieder uneingeschränkt hergestellt sein.

Kapitel 32

Der Malermeister war noch nicht ganz munter, als er jemanden an seine Tür klopfen hörte. Es war kurz nach Sonnenaufgang, und für gewöhnlich schlief er noch um diese Zeit. Doch an diesem Morgen war er früher als sonst aufgestanden, und wer auch immer ihn gerade störte, hatte sich einen denkbar ungünstigen Moment ausgesucht.

Nicht weniger erstaunt war er, als er plötzlich den Fremden vor sich sah. Mit der Leiter über der Schulter und in seinen Sachen gekleidet, die der Maler für die Arbeit in der Kirche zurückgelassen hatte, war er auf den ersten Blick nicht zu erkennen gewesen. Auch der Malermeister wusste von der Schreckensgeschichte, die der Älteste über den Fremden verbreiten ließ. Während er noch überlegte, was er nun tun solle, sagte der Fremde: „Der Pfarrer schickt mich. Er bittet Euch, mir Unterschlupf zu gewähren.“ Oft war der Maler bei der Beichte gewesen. Der Pfarrer hatte ihm lange Zeit als letzte Stütze gedient. Ihm konnte er keinen Wunsch abschlagen. Also ließ er den Fremden zu sich hinein, während sich die Dorfgemeinschaft noch immer um das Pfarrhaus scharrte und darauf wartete, dass der Älteste irgendwann mit Aba herauskommen würde.

„Ich mache uns erst einmal einen Tee", sagte der Maler, nachdem er seinen Gast in den Wohnraum geführt hatte. Er ging in die Küche, und Sal betrachtete die vielen Bilder, die in diesem Zimmer standen. Das Motiv war immer das gleiche. Es zeigte Schiffe in stürmischer See. Auffällig waren auch ihre Segel, die stets dieselbe Farbe hatten. Doch dann bemerkte Sal noch etwas. Es war ihm schon in der Kirche aufgefallen, als er mit dem Pfarrerbruder im Turm neben der alten Glocke gestanden hatte. Kurz wunderte er sich und konnte sich keinen rechten Reim auf seine Entdeckung machen. Aber er spürte, dass es irgendetwas mit seiner Aufgabe zu tun haben musste, deretwegen er in Paternoster war.

Der Maler kam mit dem Tee zurück. Bevor er das Tablett hinstellte und sich und seinem Gast eingoss, räumte er den Tisch frei, auf dem noch ein paar Seile lagen. Sie glichen Schiffstauen und schienen nicht recht an diesen Ort zu gehören. Der Mann bemerkte Sals Gedanken. Dann war ein Gefühl zu spüren, das Sal zusammenfahren ließ. Die Schuld des Knaben war qualvoll gewesen. Die Wehmut des Pfarrerbruders nicht weniger schmerzhaft. Aber was Sal nun spürte, war weit aus schlimmer. Er fühlte die Sehnsucht nach dem Tod.

Sal schaute zu dem Leuchter, der über dem Tisch hing. Dann blickte er seinen Gastgeber an, und als sich ihre Augen trafen, wussten beide, wobei Sal den Maler gerade gestört hatte.

„Warum?" Mehr brauchte Sal nicht zu fragen. Der Malermeister kannte den Fremden kaum, aber der Pfarrer hatte ihn geschickt, ausgerechnet an diesem Morgen. Als gläubiger Mann fragte der Maler sich, ob Gott selbst ihm eine Botschaft zukommen lassen wollte? Er beschloss daher, Sal seine Geschichte zu erzählen. In den Beichten hatte er noch nicht gewagt, davon zu sprechen. Aber nun schien jemand bei ihm zu sein, den der Himmel gesandt hatte. Doch wenn er sich irrte, würde dieser Fremde ihm bei seinem Freitod helfen müssen. Denn dann wäre alle Hoffnung verloren und ihn würde nichts mehr daran hindern, seinem Leben ein Ende zu setzen.

„Meine Familie hat die Bilder gemalt. Über Generationen sind diese Gemälde entstanden“, begann der Maler seine lange Geschichte. Sal wusste bereits jetzt, dass er wieder einen Menschen gefunden hatte, dem er helfen musste. „Sie sind wunderschön. Aber warum sind die Segel der Schiffe allesamt rot?“, fragte er. Dem Maler war das schon gar nicht mehr bewusst. Dennoch kannte er den Grund dafür. „Weiß lässt sich schwer verwenden. Sie sind alle auf rotem Leinen gemalt. Es war der einzige Stoff, den meine Familie vor Generationen für ihre Kunst an diesem Ort gefunden hat.“ Sal sah sich die Bilder ein zweites Mal an. Die rote Farbe schien ihm nun nicht mehr aufgetragen. Fast war es ihm, als ob er bemalte Segel betrachtete.

„Warum streicht ihr nur Wände und seid nicht auch ein Künstler geworden?“, fragte Sal, während er diese wunderschönen Bilder weiter betrachtete. Doch dann spürte er den Schmerz. Er war zwar nicht mehr so schlimm wie die Todessehnsucht zuvor, aber immer noch kaum aushaltbar. „Ich habe mich nicht getraut“, gestand der Maler ohne Umschweife. „Aber bei diesen Vorbildern?“ Sal verstand es nicht. Müde sah ihn der Maler an. „Euch mögen sie Mut vermitteln. In mir entfachte ihre Schönheit hingegen das Gegenteil.“ Er machte eine kurze Pause, bevor er hinzufügte: „Nie würde ich so malen können.“ Sal sah ihn traurig an. „Habt Ihr es nicht einmal versucht?“ Der Maler schwieg eine Weile, und der Schmerz ließ langsam nach. Er schien an etwas Schönes zu denken. Einen Moment überlegte er. Dann entschloss er sich, Sal etwas zu zeigen.

„Doch, kommt mit.“ Er führte Sal in einen kleinen Nebenraum. Im Schatten hing dort ein einziges Bild. Als der Maler die Vorhänge zurückzog und Licht auf das Gemälde schien, weiteten sich Sals Augen. „Ihr findet es scheußlich“, stieß der Maler hervor und wollte gerade wieder das Zimmer verdunkeln. Ein Stechen war zu spüren, als hätte eine Nadel sein Herz durchbohrt. „Nein“, wandte sich Sal unter dieser Pein, die auch er fühlen konnte. „Dieses Bild ist wunderschön. Wenn Ihr mich fragt, ist es das Schönste von allen.“ Augenblicklich ließ der Schmerz nach, und der Maler sah ihn verwundert an. „Aber warum habt Ihr dann so entsetzt geschaut?“, fragte er. Sal sah ihn gütig an. „Weil es so schön ist.“ Dann fügte er hinzu: „Obwohl diesem Schiff als einzigem von allen das Segel fehlt. Hat man es wegen des Sturms eingeholt?“ Eine weitere Emotion brandete auf. Unerklärlich schien sie Sal zu sein. Kam sie wirklich von diesem Maler? Sie fühlte sich an, als sei sie Hunderte von Jahren alt. „Nein, dann würde man es noch auf dem Schiff sehen.

Dabei ist es hier." Der Maler zeigte auf eine rote Linie im Meer. „Der Sturm hat es in die See getragen."

„Daher ist das Bild so besonders", sagte Sal. Er hatte es zuvor nicht realisiert. „Euer Gemälde erzählt eine Geschichte. Wie seid ihr darauf gekommen?", fragte er, doch der Maler wurde mit einem Mal still. Friedlich fühlten sich seine Gedanken jetzt an. Aber auch ein wenig Angst schien sich in sie zu mischen. Dann rang er sich dazu durch, Sal alles zu erzählen. „Ich war wie Ihr einst am verbotenen Strand gewesen. Als ich damals, vor vielen, vielen Jahren, auf die See blickte, war es mir, als könnte ich dieses Schiff sehen." Sal erfasste ein Schauer. Doch der Maler sprach weiter: „Ich war mir sicher, dass es schon lange gesunken war. Was ich damals sah, schien ein Bild der Vergangenheit zu sein. Ich musste es einfach malen."

Was du hier spüren kannst, geht über das Hier und Jetzt hinaus. Die Worte des alten Fischers kamen Sal wieder in den Sinn. Dann dachte er an die alte Glocke und den Kirchturm und daran, was ihm schon auf den anderen Bildern aufgefallen war. Langsam kam ihm ein Verdacht. „Was ist mit Euch?", riss der Maler ihn aus seinen Gedanken. Sal sammelte sich schnell. Er hatte einen Auftrag zu erfüllen. Das war jetzt erst einmal wichtiger.

„Dieses Bild beweist, dass ihr zum Maler geboren seid." Sal strahlte den Mann an. Dieser lächelte zunächst, aber dann spürte Sal wieder den aufkommenden Schmerz in ihm. „Im Sommer scheint es mir genauso zu sein, wie Ihr sagt", sagte der Maler. Sal verstand nicht recht. „Aber im Winter verlässt mich jeder Mut."

Der Maler sah ihn traurig an. Seine Zerrissenheit war ihm ins Gesicht geschrieben. „Es gibt Zeiten, da glaube ich, es gäbe nichts Schöneres als die Kunst. Aber dann erfasst mich wieder die Sorge und ich rede mir ein, nur als Malermeister genug zu verdienen, um mein Leben bestreiten zu können." Was er dann sagte, ergriff Sal auf eine Weise, die nur er verstehen konnte. „Ich fühle mich, als wohnten zwei Seelen in meiner Brust." Ein Seufzer hatte bei dem letzten Satz mitgeschwungen und Sal war es fast, als hätte er das Ach gehört, das zwillingsgleich von diesen beiden Seelen erklungen war.

„Aber warum deshalb gleich das?" Sal deutet auf den Strick, den der Maler beiseite gelegt hatte. Er hätte besser nicht gefragt, denn unmittelbar kehrte dessen Todessehnsucht zurück, die Sal doch schon vertrieben glaubte. „Weil mit dem heutigen Tag all mein Mut aufgebraucht ist." Dumpf hatte die Stimme des Malers geklungen. Endgültig schien der Ton zu sein. Wie ein Summen, das, wenn es verstummte, längst in eine andere Welt entschwunden war. „Helft mir, meine Qual zu beenden. Alleine schaffe ich es nicht", bat der Maler nun, nahm das Seil und hielt es dem Fremden auffordernd hin. Sal durchfuhr ein Schreck. Aber er währte nur kurz. Denn dann kam ihm ein rettender Gedanke.

„Einverstanden." Zur großen Überraschung des Malers sagte der Fremde ihm seine Hilfe zu. „Unter einer Bedingung." Der Maler hätte alles akzeptiert. Das Dunkle war in den Jahren so mächtig in ihm geworden und hatte einen Punkt erreicht, wo er alles tun würde, nur um seinem Leid ein Ende zu setzen. Er bedeutete dem Fremden zu sprechen. „Lasst mich Euch vorher noch einen weiteren Tag in Eurem Leben zeigen." Der Maler verstand zunächst nicht recht. Wollte er nur alles hinauszögern? Aber dann dachte er wieder an den Strand und das Schiff aus der Vergangenheit, das er einst gesehen hatte. Wollte der Fremde ihn in seine Zukunft führen?

Nachdem sich der Maler einverstanden erklärt hatte, legte Sal ihm seine Hand auf die Schulter. Er führte ihn an einen Tag in seinem Leben, der alles für ihn ändern sollte. Das Letzte, was der Maler sah, war das Bild, das er gemalt hatte. Das Schiff ohne Segel, so schien es ihm, war gerade dabei, im Meer zu versinken.

Kapitel 33

Ein gewaltiger Krach erschütterte den Bug. Den Steuermann hätte es fast von den Füßen gerissen. Aber diesmal war er es, der nicht wanken würde. Unverrückbar stand er an Deck und blickte hinüber zu dem kleinen Rettungsboot. Seine Augen schauten weit bis in die des Kapitäns. *Brand!*

Als er den Schiffsjungen am Fenster der Kapitänskajüte hatte um Hilfe rufen sehen, hatte er nicht anders gekonnt. Ohne zu wissen, was er tat, war er aus dem Rettungsboot gesprungen und zur Brücke gerannt. Erst als er unter Deck zur Kabine lief, realisierte er, dass ihm niemand folgte. Er war alleine. Niemand anders versuchte, den Jungen zu retten.

Der Steuermann hatte erwartet, dass der Weg versperrt sein würde und er Hilfe bräuchte. Aber zu seiner Überraschung gelangte er ohne ein Hindernis bis zu der Kabine, in der sich der Junge befand. Die Tür jedoch war verschlossen. *Jorid!* Dann hörte er von drinnen den Schiffsjungen. „Ich bin eingeschlossen.“ *Brand!* Die schlimmsten Ahnungen überkamen den Steuermann. Das Schloss war nicht aufzubekommen. Das wusste er. Nur ein paar Versuche hatten das bestätigt. „Warte hier. Ich hole Hilfe“, sagte er, aber als er wieder an Deck war, sah er nur noch, wie das Rettungsboot in weiter Ferne auf dem Wasser trieb. Der Kapitän würde sie nicht holen. Ihm ging es nur um ein einziges Leben. Nun opferte er zwei weitere dafür. *Brand!*

Als der Bug zerbarst, war der Steuermann wieder hinuntergegangen. Wenigstens seine letzten Augenblicke wollte er bei dem Jungen verbringen. Ein Leben hätte es sein sollen. *Freundschaft für die Ewigkeit.* So stand er wieder vor der Tür und versuchte Jorid zu trösten. „Keine Sorge, es wird alles gut werden. Hilfe ist gleich da.“ Aber sie kannten sich lange genug, als dass er ihm etwas vormachen konnte.

„Schon gut“, sprach Jorid durch die Tür. „Ich habe unsere Namen bereits dazu geschrieben.“ Als der Steuermann realisierte, was er meinte, liefen ihm die Tränen übers Gesicht. Der Junge hatte das Logbuch gefunden. Die Namen der fünf Seeleute waren der letzte Eintrag darin. Nun standen noch zwei weitere dort.

„Habt Ihr meine Botschaft bekommen?“ fragte der Junge plötzlich. Der Steuermann verstand nicht recht. Dann erinnerte er sich. Ihm war wieder der Koch eingefallen und der merkwürdige Satz, den er noch gesagt hatte, bevor er in das Boot verfrachtet wurde. *Bestraft mich nicht für seine Botschaft.* Der Steuermann überlegte kurz. Dann tastete er in seinen Taschen und fand schließlich den Zettel, den ihm der Smutje zugesteckt hatte. Mit zitternden Händen holte er ihn hervor. Er starrte auf das Weiß und wagte es nicht, ihn zu entfalten. „Steuermann?“ Unsicher hörte er den Schiffsjungen von drinnen. „Ja, ich habe sie bekommen“, flüsterte er.

Er vermochte kaum, das kleine Papier zu öffnen, so sehr bebte seine Hand. Fünf Buchstaben waren es nur. Aber als er das Wort sah, das sie bildeten, befeuchteten seine Tränen, was er las. „Habt Ihr eine Antwort für mich?“, klang es zaghaft von drinnen. Der Steuermann sank in sich zusammen. Keinen Laut brachte er über seine Lippen. Nichts konnte in Worte fassen, was er dem Jungen noch hätte sagen wollen. Dann nahm er den Zettel und faltete ihn wieder zusammen. „Ja, die habe ich“, rief er durch die Tür, und als er das Papier unter ihr hindurchschob, hörte er von drinnen ein Schluchzen.

Wasser lief über das Deck. Es erreichte die Treppe und floss die Stufen hinab bis hin zur Kabine. Der Steuermann bemerkte es an seinen Füßen, dann drang es unter der Tür zu dem Jungen vor. Im Inneren hielt der Schiffsjunge noch immer den Zettel in der Hand, den er selbst einst geschrieben hatte. *Freundschaft für die Ewigkeit.*

Als er das Wasser unter sich spürte, ging er hinüber zu der kleinen Kiste. Er legte den Zettel in das Logbuch hinein und klappte es zu. *Der letzte Eintrag.* Er wollte das Kästchen gerade verschließen, da fiel sein Blick plötzlich auf seine Hand. Er lächelte. Eine letzte Botschaft wollte er der Nachwelt noch senden. Dann zog er den Ring von seinem Finger und legte ihn in die Schatulle. Als er sie verschlossen hatte, ging er wieder zur Tür.

„Jetzt wissen sie von uns.“ Der Steuermann stand schon knietief im kalten Nass, da hörte er noch einmal die Stimme des Jungen. Dann lehnten beide an der Tür und pressten ihre Hände dagegen, als könnten sie sich berühren. So standen sie da, während das Schiff sich schnell mit Wasser füllte. *Freundschaft für die Ewigkeit*, waren ihre letzten Gedanken. Dann hatte sie das Meer verschluckt.

Kapitel 34

Als der Maler seine Augen wieder öffnete, war er ein alter Mann. Er musste etwa doppelt so alt an Jahren sein, denn er fühlte sich schwach und gebrechlich. Aber zugleich durchströmte ein wohliges Gefühl des Friedens seinen kraftlosen Körper.

Er lag ihm Bett und realisierte, dass es zu Ende ging. Der Fremde hatte ihn zu seinem Sterbetag geführt und stand nun neben ihm. Wieder lächelte er ihn gütig an. „Erinnert ihr Euch?“, fragte er sanft.

Der alte Maler erinnerte sich. Jeden Tag, der seit seinem Treffen mit dem Fremden damals vergangen war, sah er klar vor seinen Augen. Fast ein halbes Jahrhundert war ihm noch vergönnt gewesen, seit er den Strick für immer beiseite gelegt hatte. Er hatte zu malen begonnen und sich ganz der Kunst zugewandt. Damit hatte die glücklichste Zeit in seinem Leben begonnen.

Seine Kunst übertraf bei Weitem noch alles, was seine Familie bereits an Schönheit in die Welt gebracht hatte. Seine Leidenschaft zur Malerei war in jedem seiner Bilder zu spüren, und alle Betrachter verfielen diesem Gefühl, das seine Gemälde verbreiteten. So brachte er die Liebe in die Welt. Zeitlos, raumlos war diese Kraft des Universums fortan zu spüren, wenn seine Werke ausgestellt wurden. Sie waren ein Spiegel seiner Seele. Nur noch eine wohnte jetzt in seiner Brust. Die Zwillinge in ihm waren vereint. Seine Zerrissenheit zwischen dem Bedürfnis nach Sicherheit und der Liebe zu seiner Kunst war verflogen. Die Bilder hatten ihn erst glücklich, dann sogar wohlhabend und schließlich ein wenig berühmt gemacht.

In der ganzen Welt hatten sie die Menschen inspiriert. Aus den Bildern waren Geschichten und aus den Geschichten Stoffe für jegliche Art der Erzählkunst geworden. Opern waren aus ihnen entstanden, berühmte Symphonien und vieles mehr. Vor allem das Schiff und das rote Segel im Meeressturm hatte es allen angetan. Aber jeglicher Reichtum und Ruhm verblassten neben einem Ereignis, das die Kunst in sein Leben gebracht hatte.

Auf seinem Sterbebett dachte der alte Maler daran zurück. Lächelnd hielt er Sals Hand, als er davon erzählte. Nichts würde er dahin mitnehmen können, wohin er nun ging. Aber eine Begegnung hatte in seinem Leben etwas hinterlassen, das ewig währte.

Die Begebenheit ereignete sich kurze Zeit nach dem Tag, als er sich entschlossen hatte, nur noch Maler zu sein. In dem Dorf hatte sich die Kunde von der Schönheit seiner Bilder schnell verbreitet, als irgendwann ein Mann vor seiner Tür stand. Er hatte schon lange nach einem Geschenk für seine Liebste gesucht. Der Maler zeigte ihm seine Werke, aber es war ausgerechnet das Bild mit dem Schiff ohne Segel, das seine gesamte Aufmerksamkeit auf sich zog. Es hatte ihn berührt wie kein zweites und nach einigem Zögern willigte der Maler ein, es ihm zu verkaufen, obwohl es ihm selbst so viel bedeutete. Dieses Bild war schließlich der Ursprung von allem gewesen.

Jahre später traf er den Mann wieder. Ob ihm das Bild immer noch Freude mache, fragte der Maler. Es habe sein Leben verändert, war die Antwort des Mannes. Das Mädchen, dem er es geschenkt hatte, war danach seine Frau geworden. Das Bild wurde zum Symbol ihrer Liebe. Jeden Abend hatten sie es gemeinsam betrachtet. Kein Tag war in den Jahren vergangen, an dem sie sich beide nicht darin sahen. In der roten Linie des Segels auf dem Meer hatten sie ihr Herz erkannt. Mit diesem Bild habe der Maler ihre Liebe in die Welt gebracht.

„Das hat mir mehr bedeutet, als alles andere, was ich mit meiner Kunst sonst noch hätte erreichen können“, sagte der alte Mann zu Sal, nachdem er seine Geschichte beendet hatte. „Ich habe dadurch verstanden, dass es die Liebe ist, die dieses Universum durchströmt. Sie ist die Kraft, aus der wir kommen. In sie kehren wir zurück.“ Er merkte bei diesen Worten, wie er langsam schwächer wurde. „Es gibt nichts Schöneres in einem Leben, als wenn man etwas von der eigenen Liebe auf dieser Welt zurücklassen kann.“ Bei diesen Worten lächelte der Maler noch einmal. Dann schloss er für immer die Augen.

Als er sie erneut öffnete, befand er sich wieder mit Sal an dem Tisch. In seiner Hand hielt er noch immer das Seil. Er ließ es aus seinen Händen gleiten, und im selben Moment fielen all die Zweifel und die Dunkelheit von ihm ab. Seine Sehnsucht nach dem Tod begann zu verschwinden. „Danke“, flüsterte er. „Wofür?“, fragte Sal und sah ihn milde an. „Du hast mir gezeigt, dass es die Liebe ist, die uns im Leben leiten soll“, antwortete der Maler. Sal schaute ihn fragend an. „Am Anfang steht die Liebe zu einem selbst. Das Vertrauen in die eigenen Fähigkeiten. Dann vermag man, seinem Herzen zu folgen.“ Der Maler machte eine Pause. „Damit bringt man die Liebe in die Welt. Das Erlebnis mit dem Mann, der mein Bild kaufen wird, hat mir das gezeigt. Dagegen verblasst alles, was man mit seinem Dasein hier auf Erden erreichen kann. Mit der Liebe hinterlässt man einen Teil von sich selbst in dieser Welt.“

„Wirst du die Kraft finden, diesen Weg zu gehen?“, fragte Sal. „Denn die Erinnerungen, die du an deine Zukunft hast, werden gleich verschwunden sein. Sie gehören nicht in diese Zeit.“ Der Maler spürte es bereits. Aber wie eine Ahnung, die ihn schon bei dem Schiff erfasst hatte, das ihn einst sein erstes Bild malen ließ, wusste er nun, dass er in seinem Leben ein Maler sein würde.

„Ich weiß, dass es keine ist“, sagte er, als er bereits alles vergessen hatte und sich von Sal verabschieden wollte. „Aber dass ich ein Maler sein werde, fühlt sich an, wie eine Erinnerung an die Zukunft.“ Sal lächelte bei diesen Worten. Einem weiteren Menschen hatte er geholfen.

Er blieb noch den ganzen Tag über bei dem Maler und wartete bis zur Nacht. Dann musste er zurück zum Haus seiner Kinder. Denn dort galt es, die nächste Seele zu retten.

Kapitel 35

Vor der Hütte, in der Rhu und Cah mit ihrer Tante wohnten, stand in der Dunkelheit verborgen der Älteste und wartete. Seine Wachen hatte er in dieser ersten Nacht noch am Pfarrhaus postiert. Aber er selbst hatte längst begriffen, dass der Fremde sich als Maler verkleidet aus der Kirche geschlichen hatte. Wohin auch immer er von dort aus gegangen war, irgendwann würde es ihn sicherlich noch einmal zu seiner Bleibe zurückziehen. Denn dem Dorfführer war aufgefallen, dass es eine seltsame Verbindung zwischen dem Fremden und diesen beiden Jungen zu geben schien. Es war sicherlich kein Zufall gewesen, dass sie ihn am Strand gefunden hatten. Als der Älteste angeordnet hatte, dass er bei ihnen wohnen sollte, war ihm der überglückliche Ausdruck auf Abas Gesicht nicht entgangen. Der Fremde sah aus, als ob er nach Hause kommen würde. War er vielleicht der Vater der beiden, der lange vor ihrer Geburt verschwunden war? Der Dorfoberste hatte keine Erinnerung an ihn. Aber auch der Name des Fremden schien ihm nicht zufällig gewählt. Aba klang wie Vater. Der Älteste war sich längst sicher, dass der Fremde in Wirklichkeit anders hieß. Wer auch immer er in Wahrheit war, der

Dorfführer ahnte, dass er noch einmal zu den beiden Jungen gehen würde, die er seit der Beerdigung nicht mehr gesehen hatte.

Nachdem in der Hütte der Jungen das Licht gelöscht wurde, weilte nur noch die Finsternis an diesem Ort. In ihrer Mitte hockte der Älteste und lauerte. Stunden vergingen. Nichts regte sich. Der Dorfoberste wollte gerade aufgeben, da sah er plötzlich einen Schatten. Wolken schoben sich kurz vor den Mond, und als das Licht erneut auf die Stelle schien, war dort nichts mehr zu sehen. Der Älteste musste sich getäuscht haben. Er wartete noch geduldig weitere Stunden, aber als die ersten Sonnenstrahlen den neuen Tag ankündigten, verließ er müde sein Versteck. Hatte er wieder etwas übersehen?

Ein wenig erschöpft von der nächtlichen Wache kehrte er in seine eigene Hütte zurück. Als er den Wohnraum betrat, brannte dort noch immer das wärmende Feuer. Hatte er vergessen, es zu löschen, bevor er aufgebrochen war? Die Antwort kam unmittelbar, als er bemerkte, dass jemand im Schatten neben den Flammen saß. Irgendetwas hielt diese Person in ihrer Hand.

„Aba!“, stieß der Älteste hervor. „Wie bist du hier hereingekommen?“ Zorn stieg wieder in ihm auf. „Wie kannst du es wagen? Ich werden meine Leute holen!“ Er wollte gerade seine Männer rufen, da sah er den Gegenstand, den der Fremde in der Hand hielt. „Tu es und ich werfe es ins Feuer!“, sagte Sal und sah, wie der Dorfführer bleich wurde. „Du hast kein Recht, es auch nur anzutasten. Nur meiner Familie ist es erlaubt, es zu berühren! Die Seelen werden dich dafür bestrafen!“, brüllte der Dorfführer. Doch Sal lächelte nur. „Wollen wir herausfinden, ob sie etwas unternehmen, wenn die Flammen es umschlossen halten? Wir können sie dann ja wieder über sein Schicksal entscheiden lassen." In der Hand hielt Sal das Buch, das dem Ältesten so heilig war. Er bedeutete ihm, es ins Feuer zu werfen. „Nein. Halt. Tu es nicht. Was willst du von mir?" Auf einmal sah ihn Sal voller Güte an. „Ich will dir helfen", sagte er, doch der Älteste verstand nicht. „Warum sollte ich deine Hilfe brauchen?" Immer noch war der Dorfoberste von tiefem Misstrauen erfasst.

Obgleich ihn der Älteste nicht gesehen hatte, war Sal tatsächlich in der Nacht zuvor zur Hütte seiner Kinder gegangen. Er hatte viel nachgedacht auf diesem Weg. Drei Menschen hatte er inzwischen geholfen. Dem Knaben mit der zarten Stimme, der ihn an eine der Erscheinungen am Strand erinnerte. Dem Pfarrersbruder, dessen Liebe zu seinen Töchtern ihn an die fast mütterliche Stimme erinnerte, mit denen eins der Wesen zu ihm gesprochen hatte, und schließlich dem Malermeister selbst. Der hatte davon gesprochen, dass es zwei Seelen seien, die in seiner Brust wohnten. Konnten es die beiden hageren Erscheinungen sein, die Sal bei der nächtlichen Zusammenkunft fast nicht hatte auseinanderhalten können?

Wenn er richtig lag, hatte er so bereits vier Seelen gerettet. Die Liebe war immer der Ursprung von allem gewesen, ganz so, wie es ihm der alte Fischer gesagt hatte. Für die erste Seele hatte sich diese Liebe nicht erfüllt, und so konnte sie erst Frieden finden, nachdem sie das akzeptierte. Die zweite hatte sie nie ausgesprochen und musste so als Pfarrersbruder erfahren, dass auch das ein Schicksal war, in dem man dennoch glücklich werden konnte. Die Liebe zu sich selbst, das Vertrauen in die eigenen Fähigkeiten, war es schließlich, das die Seelen befreite, die zuvor mit sich gehadert hatten und so nie zur Ruhe gekommen waren.

Bei all diesen Begegnungen war Sal aber noch etwas aufgefallen, und als er vor dem Haus seiner Kinder den Ältesten erkannt hatte, war es ihm wieder in den Sinn gekommen. Also hatte er kehrt gemacht und sich in dessen Hütte geschlichen. Dort hatte er dann auch bestätigt gefunden, was er schon längst vermutet hatte. Von diesem Moment an wusste er, dass er nur noch warten musste, bis die fünfte Seele zu ihm kommen würde.

„Weil auch Ihr einmal geliebt habt", antwortete Sal, und der Älteste erschrak leicht bei diesen Worten. Doch die Wut tobte immer noch in ihm. „Was weißt du schon davon?" Der Dorfführer witterte wieder eine Falle, in die der Fremde ihn locken wollte. Aber Sal spürte unter all dem Zorn das Leid, das der Oberste in sich trug. Seine Qualen rührten von etwas her, was einst die Liebe für ihn gewesen war. Auch der Älteste spürte dieses Gefühl nun wieder ganz klar, das er doch schon längst vergessen glaubte. Aber er wollte sich nicht daran erinnern.

„Für sie alle hat sich die Liebe nicht erfüllen können." Sal deutete auf das Buch in seinen Händen. „Zu früh wurden sie aus dem Leben gerissen." Der Dorfoberste schaute ungläubig auf den Heiligen Band. Hatte der Fremde gar darin gelesen? „Ihre Namen sind der letzte Eintrag", sagte Sal da bereits. In seinen Händen hielt er das Logbuch der *Paternoster*.

Kapitel 36

Sal war der Name schon auf der Kirchenglocke aufgefallen. *Paternoster.* Er fand sich in Teilen auch noch auf einem der Balken des Turmes. Als Sal ihn schließlich auch auf dem Bild mit dem Schiff ohne Segel entdeckte, ahnte er, wer die sieben Seelen waren, die er retten sollte.

„Dieses Dorf haben die Seeleute nach dem Schiff benannt, mit dem sie einst hier gestrandet sind." Sal hielt noch immer das Logbuch in den Händen, das er in einer kleinen Schatulle gefunden hatte, die in der Hütte des Ältesten stand. Der Dorfführer hörte aufmerksam zu, als Sal weitersprach: „Überall finden sich seine Überreste. Die Glocke im Turm, das Holz für den Bau der Kirche, selbst die roten Leinwände des Malers, sie alle sind Teile des Schiffes, das diesen Menschen das Leben kostete." Sal deutete auf den Eintrag in dem Buch. Doch der Dorfführer verzog keine Miene. Er hatte keine Ahnung, wohin diese Unterhaltung führen sollte, als Sal bereits weitersprach. „Ihre Seelen leben noch immer inmitten des Wracks, dessen Teile sich überall in unserem Dorf befinden. Sie können nicht loslassen und dort, wo sich die Überreste des Schiffes befinden, sind auch sie nicht weit." Dabei hielt Sal erneut das Buch in die Höhe. Nun wurde der Älteste bleich. Er wagte kaum auszusprechen, was das bedeutete: „Ihr meint, ich trage eine dieser sieben Seelen in mir, deren Namen dort in dem Logbuch stehen?“

Sal nickte. Aber er spürte immer noch den Zweifel des Obersten und fragte ihn daher sanft: „Habt Ihr denn nicht auch einmal geliebt?“ Bei diesem Satz kamen in dem Dorfführer wieder alle Gefühle hoch, die er seit Jahrzehnten verborgen hielt. Sein Zorn zerfiel und in ungehemmten Schüben bahnten sich die Emotionen ihren Weg. Sie erfassten seinen Körper. Sal spürte es. Dieses Gefühl war das Schönste und das Schaurigste zugleich, was er jemals empfunden hatte. Wie eine wunderschöne Rose, deren Dornen jeden stachen, der sie berührte, erschien ihm das Bild, das er in dem Ältesten sah.

Der Dorfführer schloss die Augen. Ein wunderschönes Mädchen erschien vor seinem Geist. In jungen Jahren hatte der Dorfführer es geliebt. Aber sie wollte nicht in Paternoster bleiben. Er solle mit ihr kommen und das Dorf verlassen. Der Älteste aber war dem Erbe seiner Familie verpflichtet. Er sollte diese Gemeinschaft einmal führen. Was immer es war, das ihn hier band, er konnte es nicht loslassen. Deshalb verließ sie ihn. Seine Stellung im Dorf war ihm so zwar geblieben, aber die Liebe hatte er verloren. Fortan quälte ihn nur noch die Angst, auch noch das einzubüßen, was nun sein Leben bestimmte. Seine Macht bedeutete ihm von da an einfach alles. Finsternis schlich sich in sein Herz. Ohne es zu bemerken, beneidete er nun alle anderen um das, was er selbst nicht hatte haben können. Die Familien und besonders die Kinder waren es, deren Anblick ihn den Schmerz wieder spüren ließen, den er seit dem Verlust des Mädchens versucht hatte zu betäuben. Kühl überließ er die Bewohner jedes Mal ihrem Schicksal, vor allem, wenn eines der Kinder in Gefahr geraten war. Ihm war es im Leben nicht anders ergangen, warum sollten sie es besser haben?

Sal sah ihn traurig an. „Möchtest du wissen, was aus Euch geworden wäre?“ Der Älteste hob seinen Kopf. Er brauchte nicht lange zu überlegen. Nichts hätte ihn davon abhalten können, sie noch einmal wiederzusehen. Sal legte das Buch aus der Hand und ging auf ihn zu. Ruhig legte er ihm seine Hand auf die Schulter, wie er es nun schon so oft getan hatte. Er solle keine Angst haben, hörte der Dorfführer Sal noch sagen. Alles geschehe nur in seinem Geist.

Als der Älteste die Augen nach einer Weile wieder öffnete, war sein Schmerz verschwunden. Aber eine tiefe Traurigkeit hatte ihn ergriffen. „Sie hätte mich auch so verlassen?“, fragte er und wollte nicht glauben, was der Fremde ihm gezeigt hatte. „Früher oder später“, sagte Sal und bestätige mit Bedauern, was das Schicksal für den Ältesten immer bereithalten würde. Sal hatte ihm damit ein wenig helfen können, die Gedanken an das Mädchen loszulassen. Aber noch war sein Werk nicht getan.

„Hast du nicht längst eine richtige Familie?“ Der Dorfälteste schaute Sal bei diesen Worten verwundert an. Dann überlegte er. Er sah die vielen Familien im Dorf mit ihren Kindern. Aber anstatt sie zu beneiden, dachte er nun daran, wie sie sich in den frühen Jahren an ihn gewandt hatten. Hilfe hatten sie von ihm erbeten oder seinen Rat gesucht und plötzlich verstand er, was ihm das Leben damit sagen wollte. In diesem Moment wurde dem Ältesten klar, was er alles falsch gemacht hatte. Sein Schmerz hatte ihn kalt werden lassen. Aber noch war seine Zeit nicht abgelaufen. Die grausamen Gesetze und Prüfungen, der verbotene Strand, das alles ließ sich noch ändern. Er konnte in Paternoster wieder Frieden und Harmonie einkehren lassen.

Als der Dorfführer bereits darüber nachdachte, was er alles tun wollte, spürte Sal die Erleichterung, die sich in dessen Geist breitmachte. Auch der Älteste hatte begonnen loszulassen. Die fünfte Seele würde ihren Frieden finden.

„Wenn ihr erlaubt, mein Weg ist noch nicht zu Ende“, sagte Sal. Zum Abschied nahmen sie sich in die Arme. Nun wusste der Dorfführer, mit welchem Auftrag der Fremde in dieses Dorf gekommen war. „Ich werde allen verkünden, was Ihr getan habt. Euch wird kein Leid mehr geschehen. Gebt Bescheid, wenn Ihr etwas von uns benötigt.“ Sal hatte nur stumm dazu genickt. Aber er hatte bereits alles, was er brauchte. In dem Logbuch hatte er noch einen kleinen Zettel gefunden. Jahrhunderte waren inzwischen vergangen, aber das Wort, das auf ihm stand, hatte sie überdauert. Mit dieser Botschaft würde er ihr helfen können, dachte Sal noch, als er schon zu der Hütte seiner Kinder lief, um ihre Tante zu treffen.

Kapitel 37

Das erste Treibgut war bereits an den Strand gespült, als das letzte Rettungsboot die Küste erreichte. „Lasst uns eine Kirche daraus bauen“, hatte einer der Seeleute gesagt, als er den Balken entdeckte, auf dem der Name ihres Schiffes stand. *Paternoster.*

Nie wieder würden sie zur See fahren, das hatten sie sich geschworen. Jeder aus der Mannschaft war froh, mit seinem Leben davon gekommen zu sein. Fischer würden sie fortan werden, und ihre Tage in Dankbarkeit verbringen. Das Schicksal hatte sie schließlich verschont.

Den Kapitän verstießen sie schnell. Die Geschichte von dem Schiffsjungen, den er eingeschlossen hatte, um sein eigenes Leben zu retten, sprach sich alsbald herum. Der Matrose, der noch gehört hatte, wie Brand den Jungen nach dem Logbuch hatte suchen lassen, hatte sein Schweigen gebrochen, kaum dass die Mannschaft wieder beisammen war. Sie hätten den Schiffsführer am liebsten aufgeknüpft. Aber trotz ihrer Überzahl hätte es Verluste gegeben, wären sie dem stämmigen Mann zu Leibe gerückt. Denn noch immer schien er ein Ziel zu verfolgen. In seinen Augen konnten sie es sehen. Es hatte schon sieben Leben gekostet. Kein Achtes wollten sie dafür noch opfern.

So baute Brand seine Hütte weit abseits von ihnen. Verzweifelt suchte er nach einem neuen Plan. Noch früh am Morgen saß er wach und grübelte. Bis *sie* ihn endlich entdeckten und in einer finsteren Nacht schließlich zu sich riefen.

Kapitel 38

Es war früher Morgen, als Sal bei der Hütte seiner Kinder ankam. Unbemerkt war er von dem Ältesten durch das Dorf zu ihnen gelangt. Rhu öffnete ihm, nachdem er leise an die Tür geklopft hatte.

„Ich wusste, dass du nicht einfach so verschwunden bist." Ruhig nahm er den Fremden in Empfang. Er hatte die Geschichte nicht glauben können, die die Fischer erzählten, die mit dem Dorfführer im Pfarrhaus gewesen waren. Zwar hatte Rhu keine Erklärung dafür, warum Aba einfach so aus dem Nichts an dem verbotenen Strand aufgetaucht war. Aber so wenig, wie er die Schauergeschichten des Ältesten hatte glauben wollen, so konnte er sich auch nicht vorstellen, dass ihr seltsamer Freund sich wieder in Luft aufgelöst hatte. Rhu spürte, dass er noch eine Aufgabe zu erledigen hatte, die auch mit ihnen etwas zu tun zu haben schien.

„Ist Aba wieder aufgetaucht?", fragte Cah, der nun neben ihnen stand. Auch er freute sich, den Fremden wiederzusehen, denn er war ihm inzwischen ein wenig ans Herz gewachsen.

„Wer ist da?" Die strengen Worte der Tante unterbrachen ihre Begrüßung. Erschrocken schauten sich die Jungen an. Ihre Tante brachte dem Fremden sicher kein Vertrauen entgegen. Schnell würde sie ihn wieder zu dem Dorfobersten schicken, wie schon damals, als sie ihn vom Strand mit nach Hause gebracht hatten.

„Lasst ihr mich kurz mit ihr allein?“, fragte Sal. Ihre Überraschung war groß, als der Fremde sie darum bat, die Hütte zu verlassen. Nicht weniger erstaunt war die korpulente Frau, als sie sah, wer in ihrer Behausung stand. „Wo sind Rhu und Cah?“, fragte sie verunsichert. Sie glaubte zwar nicht an die Schreckensmärchen des Ältesten, aber wohl fühlte sie sich mit dem Fremden auch nicht. Das hatte jedoch andere Gründe.

Sal hatte sie längst erkannt. Sie war ihm gleich aufgefallen, als er den Pfarrersbruder in seinen Gedanken zu dem Mädchen in den Kirchturm klettern sah. Damals war sie natürlich deutlich jünger gewesen. Aber noch immer konnte man in der inzwischen so korpulenten Frau die Schönheit erahnen, mit der sie die Welt einmal verzaubert hatte.

„Ihr habt sie alle geliebt.“ Sal sah die Tante der Jungen mitfühlend an. Der Satz traf sie mitten ins Herz. Wer war dieser Fremde, bei dem sie schon zu Beginn gespürt hatte, dass er ihre Geschichte zu kennen schien, obwohl doch niemand außerhalb des Dorfes von ihr wissen konnte. „Dabei war es vor allem die Anerkennung, die ihr von ihnen allen wolltet“, sagte Sal und fühlte bei diesen Sätzen, wie sich in der Frau eine alte Sehnsucht regte. Sie erinnerte sich an ihre einstige Schönheit. Viele hatte das davon abgehalten, sich ihr zu nähern. Denn jeden verließ der Mut, sobald er sie sah. Dabei war es immer ihr innigster Wunsch, geliebt zu werden, so wie sie im Inneren war. Doch das Leben hatte sie bitter enttäuscht.

„Da ist nichts, was ihr mir geben könntet", sagte sie und wandte sich von Sal ab. Zwei Worte waren es nun, die in ihrem Kopf herumspukten. Sie ließen ihren Geist nicht los. Als wären sie schon vor langer Zeit gedacht worden, noch bevor sie selbst auf diese Welt gekommen war. *Zu spät.*

„Dafür ist es nie zu spät", hörte sie plötzlich den Fremden sagen, und was sie dann sah, vermochte sie nicht zu glauben. Sal holte ein Stück Papier hervor. Sie wagte kaum, es zu berühren. Wie konnte das sein? Aber als Sal sie mit seien gütigen Augen aufforderte, den kleinen Zettel zu nehmen, konnte sie nicht anders. Mit zittrigen Fingern entfaltete sie ihn. Auf ihm stand eine Botschaft, die sie einst vernommen hatte. Plötzlich spürte sie, wie ihre Knie ganz weich wurden. Beinahe wäre sie gestürzt, hätte Sal sie nicht rechtzeitig aufgefangen.

In dem Augenblick, als Sal im Fall ihre Schultern berührte, veränderte sich ihre Wirklichkeit. Plötzlich sah sie sich wieder als junge Frau. Neben ihrer Schönheit, hatte die Natur ihr noch etwas anderes geschenkt. Sie spürte wieder die Kräfte, über die sie einst verfügte hatte. Zu jener Zeit war sie als Heilerin im Dorf bekannt. Viele kamen aus diesem Grunde zu ihr. Gerade hatte ein Liebender sie aufgesucht, dessen Frau kürzlich verstorben war. Denn die Heilerin war mit einer Gabe gesegnet. Unter den Bewohnern hatte es sich bereits herumgesprochen. Kontakt zu den Seelen solle sie haben. Schon oft hatte sie das unter Beweis gestellt. Aber immer noch kamen viele im Zweifel zu ihr.

So war es auch diesmal. Der Mann, der sie aufsuchte, war sich ihrer Fähigkeiten nicht sicher. Dabei war es genau diese Anerkennung, die sie immer erstrebt hatte. Seine verstorbene Frau war lange krank gewesen. Das Ende immer vor Augen, hatte sie mit ihrem Liebsten eine Vereinbarung getroffen. Im Falle ihres Todes solle er die Heilerin aufsuchen. Sie könnte ihre Verbindung sein und ihre Seele so teilhaben lassen an dem Leben des Mannes. Aber beide misstrauten auch der Frau mit den seltsamen Kräften. So verabredeten sie ein Zeichen, an dem der Witwer die Echtheit ihrer Botschaft erkennen konnte. Ein kurzes Wort diente ihnen dazu.

Als die Heilerin den Kontakt zu der Verstorbenen aufnahm, führte diese ihr die Hand, und ließ sie die wenigen Buchstaben auf einen Zettel schreiben. Aber der Ärger der Heilerin war groß, als sie merkte, dass diese Botschaft nur beweisen sollte, dass die Nachricht wirklich von der Toten kam. So überbrachte sie die Grüße und schärfte dem Witwer gleichzeitig ein, ihr zu glauben. Ein Zeichen habe sie noch erhalten und es aufschreiben müssen auf einen kleinen Zettel. Aber bevor er es zu lesen bekam, verbrannte die Heilerin schnell das Papier. So sei es an ihm, ihr nun zu glauben. Denn dieser Glaube war die Anerkennung, die sie als Lohn erstrebte.

Der Witwer aber glaubte ihr nicht. Schnell schied er aus dem Leben, um bei seiner Geliebten zu sein. Im Dorf sprach sich herum, was geschehen war. Dem

Witwer habe sie nicht helfen können. Nach der Sitzung bei ihr war er tot. Fortan kam keiner mehr zu ihr zur Heilung und ihre Kräfte gerieten in Vergessenheit.

Nach Jahren unternahm sie einen letzten Versuch, um ihre Glaubwürdigkeit wieder herzustellen. So nahm sie nochmals Kontakt zu den Toten auf. Der Witwer war inzwischen bei seiner Liebsten. Das Paar sollte den Dorfbewohnern die Kräfte der Heilerin aus dem Jenseits bestätigen. Nach langem Beraten willigten die beiden ein. Sie solle die Leute zu einer Sitzung rufen. Dann würden sie ihnen erscheinen. Zuvor jedoch hätten sie noch eine Botschaft, die nur für sie bestimmt sei.

Der Tag kam, an dem sich das Dorf versammelte. Die Heilerin ging zunächst allein in ihre Hütte. Das Paar zeigte sich wie besprochen. Aber was sie zu sagen hatten, war einzig als Strafe gedacht. Die Heilerin würde nie wieder Kontakt zu irgendeiner Seele haben. Ihre Kräfte seien verwirkt. So wie die beiden nicht auf der Erde ihre Liebe hatten leben können, solle ihr die Anerkennung für immer versagt bleiben. Denn sie habe ihre Kräfte nicht dazu gebraucht, ihre Botschaften zu übermitteln, sondern strebte nur nach Ansehen für sich selbst. Dann waren die beiden für immer verschwunden.

Vergeblich versuchte die Heilerin, das Dorf von ihrer Geschichte zu überzeugen. Sie erzählte auch von der Botschaft auf dem Zettel, aber außer dem Paar wusste keiner davon. So glaubte ihr schließlich auch niemand. Im Laufe der Jahre verfiel sie in Verwahrlosung, und wären in dieser Welt Rhu und Cah nicht gewesen, hätte sie wohl keinerlei Lebensaufgabe mehr gehabt.

Als sie nach dem Sturz ihre Augen wieder aufschlug, fand sich die Tante der Jungen auf ihrer Liege wieder. „Ihr habt kurz das Bewusstsein verloren. Geht es Euch gut?“ Sal hatte sie gerade noch auf das Bett legen können. Fragend schaute sie ihn an. Hatte sie das alles nur geträumt? Dann aber sah sie wieder den Zettel, der noch immer neben ihr lag.

„Woher habt ihr dieses Papier?“, fragte sie. Sal schaute sie lange an. Er kannte ihre Geschichte aus seiner alten Welt. Auch er hatte ihr damals keinen Glauben geschenkt. Sie hatte zu jener Zeit versichert, das Wort noch auf einen Zettel geschrieben zu haben. Doch habe sie die Botschaft letztlich verbrannt. Dann fand Sal jedoch im Logbuch der *Paternoster* das Jahrhunderte alte Papier und sah dasselbe Wort darauf, von dem sie immer gesprochen hatte. So hatte er sich an ihre Geschichte erinnert.

„Schon einmal wurde eine solche Botschaft übermittelt.“ Sal sah die frühere Heilerin ernst an. „Aber noch immer haftet sie der Seele an, die sie weiterreichen sollte.“ Die Frau glaubte zunächst, ihn nicht richtig zu verstehen. Doch dann sprach Sal aus, was sie immer in ihrem Leben hatte hören wollen. „Ich glaube Euch Eure Geschichte. Ihr habt wirklich einst über ein außergewöhnliches Talent verfügt.“ Die korpulente Frau sah ihn einen Moment lang noch verwundert an. Dann weinte sie. Das erste Mal in ihrem Leben hatte jemand anerkannt, was sie wirklich konnte. Mehr noch, in den Worten dieses Fremden schien so etwas wie Wertschätzung zu liegen. Obwohl sie nicht mehr die Anerkennung erhalten würde, die sie einst im Dorf erstrebt hatte, war dies genug für sie, um loslassen zu können. Sal spürte, wie ihre Bitterkeit langsam verflog. Der Schmerz in ihr, der unter all dem Groll verborgen lag, ließ langsam nach. Er hatte seine sechste Seele gerettet.

„Wohin gehst du jetzt, Aba?", fragte die Heilerin den Fremden, als er aufbrechen wollte. „Es gibt nur einen Ort, an den ich jetzt noch gehen muss", sagte Sal und wusste, dass seine Mission noch nicht zu Ende war. Die Frau dankte ihm und verabschiedete sich. Als Rhu und Cah in die Hütte zurückkehrten, fanden sie ihre Tante ganz verändert. Sie hatte die Vorhänge zurückgezogen. Das erste Mal, seit sie denken konnten, fielen die Sonnenstrahlen in das Innere ihres Heims und vertrieben die Dunkelheit.

„Was hat Aba gewollt?", fragten sie ihre Tante. „Er hat mir etwas gebracht, was ich längst verloren glaubte", antwortete sie. Dann nahm sie nochmals das alte Papier zur Hand. Auch sie spürte plötzlich, dass schon einmal jemand diese Nachricht übermittelt hatte. Als sie den Zettel entfaltete und nochmals die fünf Buchstaben sah, die darauf standen, wusste sie, dass es eine universelle Botschaft war. Was es denn sei, das Aba ihr gegeben habe, wollten die Jungen wissen. Dann sprach sie aus, was sie gerade gelesen hatte. LIEBE.

Kapitel 39

Die Abenddämmerung hatte bereits eingesetzt, als der Koch die beiden sah. Voller Freude lief er ihnen entgegen. „Gott sei Dank, ihr habt es auch geschafft.“ Er wollte seine Freunde gerade umarmen, da sah ihn der Steuermann traurig an. „Nein, das haben wir nicht.“ Dann sah er die glasigen Augen des Schiffsjungen und was er schon häufig geahnt hatte, wurde bittere Wahrheit, als dieser sprach: „Genauso wenig wie du selbst.“ Jorids Stimme hatte sich verändert. Kaum etwas Zartes lag noch in ihr. Dieser Knabe war nun voller Bitterkeit und Zorn.

„Sind die anderen schon da?“ Der Schiffsjunge schob sich an dem Küchenmeister vorbei und lief weiter zu den vier Seeleuten, die am Strand auf sie warteten. Als ihm der Koch mit dem Steuermann folgte, sah er, wie blass seine Kameraden waren. Der Smutje brauchte es nicht auszusprechen. Jetzt hatte er Gewissheit. Keiner von ihnen gehörte mehr auf diese Welt.

„Was machen wir noch hier?“, fragte er, als sich alle versammelt hatten. Böse waren ihre Blicke. „Abrechnen.“ Der Matrose, der sich schon als Kapitän sah, begann für sie alle zu sprechen: „Bald wird *er* hier sein. Dann bezahlt er für das, was er uns angetan hat.“ Boshaftigkeit schien um sich zu greifen. Der Koch merkte sie am eigenen Leib. Es war das einzige Gefühl, das er spüren konnte. Verführerisch war es, so etwas noch einmal wahrzunehmen. Nur in den Augen des Steuermanns glimmte ein wenig Verständnis. Aber er war auch der Einzige, der den wahren Grund kannte, der den Kapitän so hatte handeln lassen.

Brand! Die See lies wieder dieses Wort erklingen. Das Meer hatte den Ruf gehütet wie einen Schatz. Die Brandung trug ihn an den Strand. *Brand!* Als der Kapitän in der Hütte seinen Namen gehört hatte, ging er die schwarzen Felsen hinab zu dem weißen Strand. Der Mond schien hell. In gespenstisches Licht tauchte er die sieben Gestalten, die dort standen und warteten. Hatten sie ihn gerufen? *Brand!*

Als er näher kam, ergriffen ihn Furcht und Schrecken. Was er sah, vermochte er nicht zu glauben. Die Sieben waren gekommen, seine Seele zu fordern. Sie hatten alles Recht dazu. „Verzeiht mir“, bat sie der Kapitän. „Ich tat es um des Lebens Willen.“ „Verwirkt hast du deins“, sprach da schon der eine Matrose, der noch immer das Wort für alle führte. Sein weißer Finger zeigte kalt auf den Kapitän. „Verwirkt“ kam es bald von den anderen. Auch sie hoben ihre Hände. Es schien eine Abstimmung zu sein.

Der Steuermann wollte sich noch an den Schiffsjungen wenden. „Halt ein, du musst etwas wissen.“ Aber der Knabe war so voller Zorn und hasserfüllt, dass auch er die Hand erhob. Verunsichert sah der Koch zu seinem Freund. Der schaute ihn auffordernd an. Obwohl ihm nicht recht wohl dabei war, hörte auch er sich das Wort alsbald sagen: „Verwirkt."

Der Kapitän sah nun seinen Steuermann an. Alle Augen richteten sich auf ihn. Was er dann sagte, traf den Kapitän mehr als jede Hand, die er hätte gegen ihn richten können. „Umsonst war dein Opfer. Denn auch sie ist schon tot." Bei den Worten brach Brand zusammen. Er kniete auf dem Sand und weinte vor Schmerz. Die anderen standen um ihn herum, aber sie verstanden es nicht.

„Deine Tochter ist gerade ihrer Krankheit erlegen. Das Geld für Hilfe durch Medizin kommt jetzt zu spät." Der Steuermann hatte ihren Tod bereits spüren können, da war er noch nicht einmal ganz an dem Strand. Nun wandte er sich an seine Kameraden. „Ich denke, das ist Strafe genug für ihn. Das Leben hat sein Urteil gesprochen. Was sollen wir da Richter sein?"

Dem Wortführer war das jedoch nicht genug. „Wir sind umsonst gestorben!", rief er noch immer im Zorn. „Was ist mit unseren Zielen? Geliebt habe ich nicht, aber Gold wollte ich. Niemals werde ich noch erreichen, was ich einst erstrebt habe." Seine Hand blieb erhoben. Der Finger zeigte immer noch kalt auf den Kapitän. „Meine Liebe blieb unausgesprochen", schloss sich der zweite ihm an. „Unsere Liebe unausgeübt", sprachen die Zwillinge und dachten an ihre kunstvollen Sprünge. „Ungeliebt", war das Wort, das der Koch hervorbrachte. An seinen Vater musste er denken. „Unerfüllt", kam es von dem Knaben. „Verwirkt", sangen sie schließlich im Chor.

Nur der Steuermann blieb still. Als der Gesang langsam nachließ und leiser wurde, sprach er sein Urteil. Zum Schiffsjungen sah er und konnte verstehen, wie sich die Sorge um das eigene Kind anfühlen musste. „Verziehen“, sagte er. „Ich verzeihe dir.“ Der Kapitän rang mit der Fassung, aber die anderen sahen es mit Zorn. So blieben nur sie an den Kapitän gebunden. „Verflucht seist du dennoch“, stieß der Wortführer aus. Aber es traf Brand nicht mehr wie so stark wie zuvor. Wenn einer von ihnen ihm verzeihen konnte, dann könnten die anderen es auch irgendwann. Selbst wenn es Jahrhunderte dauern sollte.

Als die Gischt stärker wurde und das Mondlicht den Strand in kalten Nebel tauchte, standen dort der Kapitän und sechs Gestalten. Sie alle waren fortan an diesen Ort gebunden, bis sie loslassen konnten von ihrer Qual. Einzig der Steuermann hatte das bereits von sich aus vermocht. Kurz noch hatte er sich zum Abschied dem Schiffsjungen zugewandt. „Wir sehen uns wieder. Ich bin mir ganz sicher.“ Dann löste der Nebel ihn auf. Zu seinen Füßen fand Jorid nur noch die Kiste mit dem Logbuch darin. Das Meer hatte sie an Land gespült. Ein einziges Mal noch hätte er so gerne die Botschaft auf dem Zettel gelesen. Aber was er nun war, machte es ihm unmöglich, sie je wieder zu öffnen.

Kapitel 40

Sal hatte lange gebraucht, um wieder an den Ort zu gelangen, an dem alles begonnen hatte. Den ganzen Tag hatte er abseits des Dorfes verbracht und nachgedacht. Er war sich sicher, dass er dort keine weitere Seele mehr finden würde. Doch als es am späten Nachmittag zu dämmern begann und er sah, wie sich die Sonne auf das Meer zubewegte, kam es ihm in den Sinn. Plötzlich wusste er, wohin er gehen musste.

Vorbei an den schwarzen Felsen kam er zu dem einst verbotenen Strand. Die Sonne neigte sich dem Horizont entgegen und dann entdeckte Sal, was er gehofft hatte, dort zu finden. Deon stand wie immer an seinem Fischerboot.

„Es waren nur sechs Gestalten in jener Nacht“, begrüßte ihn Sal schon von Weitem. Der alte Fischer lächelte. Der junge Mann war sogar noch schlauer, als er zu Beginn bereits gehofft hatte. „Du hast viel für sie getan. Dafür danke ich dir.“ Bei diesen Worten reichte Deon ihm seine Hand. Als Sal sie ergriff, spürte er, wie klapprig und alt sie war. Ihm schien, als berühre er die Zeit von Jahrhunderten. Er wollte schon loslassen, aber der Alte hielt Sal noch einen Augenblick fest, und für den Bruchteil einer Sekunde konnte Sal sehen, wer nun vor ihm stand. Ein kräftiger Mann mittleren Alters. Der stolze Kapitän der *Paternoster*. Deon Brand.

Raum und Zeit fielen zusammen in diesem Moment. Sal spürte seine Dankbarkeit und noch etwas anderes. Liebe. Er sah die Geschichte des Kapitäns. Er fühlte die Sorge um dessen todkranke Tochter, für deren Medizin er das Gold der Fahrt benötigt hatte. Er bemerkte seine Reue wegen der Seeleute, die er für dieses Ziel geopfert hatte und schließlich den Schmerz und die Qual, weil er sein geliebtes Kind damit doch nicht hatte retten können. Dann aber ließ es nach. Auch Deon begann, Frieden zu finden.

„Bald werde ich bei ihr sein. Denn du hast mich von meinem Fluch befreit." Der alte Fischer sah ihn an. Sal bemerkte, wie hinter ihm die sechs Gestalten standen, denen er in jener Nacht im Nebel an diesem Strand begegnet war. Das dämmernde Sonnenlicht tauchte sie in ein warmes Rot, und es schien, als wären sie nun voller Liebe. Auch sie schauten Sal dankbar an. Der Schiffsjunge Jorid mit der zarten Stimme stand dort, und für einen Moment sah Sal in ihm den Knaben, der um seinen besten Freund getrauert hatte. Die beiden Zwillingsgestalten, die einst hatten Artisten werden wollen, verschmolzen zu dem Maler, den Sal ermutigt hatte, seine Kunst auszuüben. Der Matrose, der seiner Liebsten keinen Antrag gemacht hatte, sah aus wie der Pfarrersbruder, der sein Mädchen nicht geküsst hatte. Der dicke Koch, der die Anerkennung seines Vaters angestrebt hatte, wurde für einen kurzen Augenblick zu der korpulenten Tante, deren Heilkräfte nie gewürdigt worden waren. Auch der Dorfälteste erschien Sal für einen Augenblick. Es war der Wortführer unter ihnen, den die Liebe betrogen hatte und dem es nur noch um das Gold gegangen war.

Sie alle machten sich bereit, in das Boot zu steigen. Es sollte ihre letzte Fahrt sein. Immer waren sie mit dem alten Fischer auf dem Meer gewesen. Schwarz wie die See war der Himmel, wenn sie ihren Kapitän daran erinnerten, dass für ihn als Siebten kein Platz auf seinem Rettungsboot war. Im Mondschein waren sie zum Strand gekommen, um ihren Fluch zu erneuern. Erst, wenn sie von ihren Qualen erlöst seien, dürfte auch er Ruhe finden. Ein paar Mal hatte er in den vielen Jahren jemanden geschickt, der vergeblich versucht hatte, ihnen zu helfen. Dann aber hatte er Sal gefunden. Ihm war es letztlich gelungen.

„Schreib auf, was du erfahren hast. Die Welt sollte immer Geschichten hören, die vom Lebenssinn und von der Liebe handeln", sagte der alte Fischer und sah Sal friedlich an. Dann machte er eine Pause. „Das Göttliche ist in uns allen. Auch davon solltest du den Menschen erzählen." Dann stieg Deon zu den anderen in das Boot. Sie ruderten schon auf das Meer hinaus, als Sal noch über die letzten Worte des Fischers nachdachte. Den Sinn des Lebens hatte er erfassen können, und auch die Liebe hatte er gespürt. Wie aber sollte er von dem berichten, das seine Großmutter immer als das AllEins bezeichnet hatte? Noch einmal blickte er auf die See. Als das Boot mit den Seeleuten auf den Horizont zufuhr und mit der untergehenden Sonne verschmolz, wusste er es.

Nur ein kleiner Punkt war von diesem Bild am Horizont zurückgeblieben. Als er wieder größer wurde und aus den verbliebenen Strahlen der Sonne trat, erkannte Sal sofort das Ruderboot. Es war noch nicht ganz am Strand angelangt, da hörte er schon das eine Wort, das Rhu und Cah ihm zuriefen: „Vater!"

Epilog

Nach Jahren kehrte er als Mann an diesen Ort zurück. Paternoster hatte sich nicht verändert. Aber *er* war ein anderer. Er hatte getan, was ihm einst hier aufgegeben worden war.

So ging er noch einmal an den Strand zurück. Mit einem letzten Spaziergang wollte er sich bedanken bei all jenen, die ihn zu dieser Reise ermutigt hatten. Bei Deon, der ihn einst an diesen Ort geführt hatte. Bei all den anderen Menschen, denen er begegnet war. Aber vor allem bei den Seeleuten, die ihn einst gerufen hatten. *Freundschaft für immer*, dachte er auf einmal.

Die Sonne schien auf sein Gesicht. Das Wasser stand noch still auf dem Meer. Der Sand begann, sich zu erwärmen, und der Wind begrüßte ihn mit einem kaum wahrnehmbaren Flüstern. *Was du hier spüren kannst, geht über das Hier und Jetzt hinaus.* Die Sonne schenkte ihm ihre warmen Strahlen. In dem Glitzern des Wassers spiegelten sich seine Gedanken. An diesem Ort holte er sie in die Welt. Diese Verbundenheit ermöglichte ihm der sandige Boden, auf dem er nun wieder stand. Der Wind dankte ihm seine Anwesenheit mit einer leichten Brise.

So sah er wieder die Muscheln, wie sie am Strand lagen. Aber diesmal verwandelte sein Geist sie in etwas anderes. Flügel wuchsen ihnen aus den Schalen und sie erhoben sich. Wie Möwen flogen sie über das Meer. *Flugmuscheln*, dachte er liebevoll. Es waren die Gedanken eines Kindes. Sie hatten eine neue Gattung erschaffen. Ihre Art gab es nun an dieser Küste. Schon stellte er sich noch viel Unglaublicheres vor.

Der Mann hätte endlos so weitermachen können. Aber dann erinnerten ihn die Elemente daran, dass es drei Fragen waren, mit denen er ursprünglich einmal hierher gekommen war. *Was ist der Sinn des Lebens? Was ist die Liebe? Woher kommen wir?* Er hatte die Antworten nicht gefunden. Nicht einmal eine einzige darauf. Es war weit mehr. Es war so viel mehr. In Dankbarkeit sah er zu der Sonne. Noch einmal fing er den Wind ein. Er spürte den festen Sand unter seinen Füßen. Wellen umspülten sie. Mit einer leichten Verbeugung nahm er Abschied. *Namasté.*

Der Mann war schon lange gegangen. Aber ein Teil seiner Seele war für immer geblieben. Paternoster hatte ihm alles gegeben. Nun waren da nur noch der Wind und die Wellen, die Sonne und der Strand, an dem einst alles seinen Anfang nahm.

Nachwort

Liebe Leserinnen, liebe Leser,

ich möchte mich ganz herzlichen bei Euch für das Lesen meines Buches bedanken. Ich hoffe, es hat Euch gefallen, ein wenig zum Nachdenken angeregt und Euch vielleicht mit Euren Wünschen und Träumen in Berührung gebracht.

Wenn ihr mehr über die Themen in diesem Buch erfahren möchten, besucht gerne meine Website und meldet Euch bei Interesse zu meinem Newsletter an.

Als Dankeschön erwartet Euch hier auch eine kostenlose Kurzgeschichte:

https://nestorkolee.com/

Noch eine persönliche Bitte: Ich freue mich riesig, wenn ihr meinem Werk eine Rezension schenken würdet.

Sie muss nicht lang sein, nur ein paar Worte, wie Euch diese Geschichte gefallen hat. Herzlichen Dank!

Euer

Nestor T. Kolee

Leseprobe

Der Junge, der auf einem Esel ritt

Das Leben ist keine Reise

Prolog

Der kleine Junge war so stolz. Er ritt auf seinem Esel und führte die ganze Karawane an. Die anderen Kinder saßen auf ihren Tieren und folgten ihm. Sein Vater hatte ihn für die kleine Eseltour angemeldet. Der Mann, dem die Tiere gehörten, hatte ihn angeschaut und dann auf den Leitesel gesetzt.

So ritten sie nun los, und der Junge streichelte fortwährend seinen Esel. Gleichmäßig bewegte sich die Gruppe durch die schöne Landschaft Andalusiens. Immer vorweg der kleine Junge, der die Umgebung kaum beachtete und nur Augen für sein Tier hatte.

Sie waren etwa die Hälfte des Weges geritten, da stoppte der Leitesel abrupt. Er neigte den Kopf etwas und fing an zu grasen. Der kleine Junge freute sich. „Friss erst einmal ordentlich", sprach er zu seinem Tier. Und er hörte nicht auf ihn zu streicheln, während der Esel Rast machte.

Die anderen Tiere aber hatten nicht angehalten. Das Kind, das auf dem zweiten Esel in der Gruppe saß, ritt nun an ihnen vorbei. Es hatte den ganzen Weg über immer den kleinen Jungen vor sich gehabt und war nun froh, auch einmal ganz vorne sein zu können. Als das Kind an dem Jungen vorbeikam, strahlte es.

Auch das Kind, das auf dem dritten Esel saß, ritt nun an ihnen vorbei. Ebenso das vierte und das fünfte und so weiter. Der kleine Junge aber streichelte fortwährend seinen Esel. „Ruh dich nur ein wenig aus, du hast es dir verdient", sagte er lächelnd. Der Esel fraß in aller Ruhe weiter und ließ dabei die anderen Tiere vorbeiziehen.

Der kleine Junge bemerkte, wie die vorbeireitenden Kinder sich nun von Mal zu Mal zu verändern begannen. Waren die ersten einfach nur glücklich, selbst etwas weiter vorne zu sein, fingen die weiter hinten reitenden Kinder an, sich mehr darüber zu freuen, dass der kleine Junge mit seinem Leittier nun mehr und mehr ans Ende rückte. Aus dem freudigen Lächeln waren erst Gleichgültigkeit und schließlich ein hämisches Grinsen geworden. Einige lachten sogar spöttisch und sagten dumme Sachen.

Den kleinen Jungen aber störte das nicht. Er hörte es kaum. Wenn er es bemerkte, war er bloß ein wenig verwundert darüber. Aber dann wandte er sich schnell wieder seinem Esel zu, den er nicht aufgehört hatte zu streicheln, und ermunterte ihn, weiter zu grasen. Das ging so lange, bis auch das letzte Kind an ihnen vorbeigeritten war. Auf dessen Gesicht hatte der kleine Junge so etwas wie Mitleid gesehen. Denn dieses Kind wusste, wie es sich am Ende der Karawane anfühlte. Die Letzten werden die Ersten sein. Das hatte man diesem Kind stets erzählt. Doch daran hatte es längst den Glauben verloren.

In demselben Moment, als der letzte Esel an ihnen vorüberritt, hörte das Tier des kleinen Jungen auf zu grasen. Es hob den Kopf, schaute kurz der Karawane nach und setzte sich dann wie von selbst in Bewegung. Als ob das andauernde Streicheln des kleinen Jungen ihm Energie gab, lief der Leitesel nun in seinem ihm eigenen Tempo den anderen hinterher. So war er wie zu Beginn der Reise ein wenig schneller als die anderen, und Kind für Kind, Esel für Esel fingen sie an, die anderen wieder zu überholen.

Die Gesichter der Kinder sahen diesmal ganz anders aus. Während das letzte Kind der Karawane noch froh zu sein schien, wenigstens nicht die ganze Zeit am Ende gewesen zu sein, sprach zunächst Verwunderung aus den Blicken der anderen, die sich dann zu Missgunst und Neid verdichtete. Bei den Kindern, die immer noch ganz vorne waren, spürte der kleine Junge so etwas wie Wettbewerb. Er meinte zu bemerken, dass diese versuchten, ihre Tiere anzutreiben, doch schneller zu laufen, damit sein Esel sie nicht überholen konnte. Am schlimmsten aber war es bei dem Anführer: Während einst ein Strahlen auf dessen Gesicht lag, schlug nun Zorn dem kleinen Jungen entgegen, als er auch an diesem allmählich vorbeiritt.

So führte der Esel des kleinen Jungen die Karawane schließlich wieder an. Die ganze Zeit hatte er nicht aufgehört, seinen Esel zu streicheln, und aus seinem anfänglichen Stolz war nun tiefe Liebe geworden.

Kapitel 1

Es nieselte. Leichter Regen fiel auf die Windschutzscheibe. Die Scheibenwischer verrieben die wenigen Tropfen mit dem staubigen Sand, den der Wagen auf der spanischen Landstraße aufgelesen hatte. Der verschmierte Dreck bildete Schlieren. Sie fügten sich ein in die karge Ödnis einer bleiernen, schweren Landschaft, durch die Tom seinen Wagen lenkte. Er hatte die Orientierung verloren. Sein ganzes Leben bot ihm keine Orientierung mehr.

Wochen lag der Tod seines Vaters nun schon zurück. Aber mit jedem Tag, der seither verging, nahm diese Orientierungslosigkeit zu. Sein Vater war Toms einzige Familie. Nun hatte er niemanden mehr. Irgendwann hatte er es nicht mehr ausgehalten. Er musste raus, brauchte einen Ortswechsel. Der würde vielleicht helfen. Aber er half nicht. Tom wusste das schon, als er in Málaga ankam. Diese Auszeit würde alles nur noch schlimmer machen. Denn selbst wenn der Ort sich änderte, die Orientierungslosigkeit blieb.

Er hatte sich einen Wagen gemietet und war einfach drauflosgefahren. Fragen kreisten in seinem Kopf. Fragen, die Tom seinem Vater noch hatte stellen wollen, um für sich klarer zu sehen. Um eine Richtung für sein Leben zu finden. Aber der Tod kennt keine Fragen und er gibt keine Antworten. Er lässt jeden allein zurück. In genau dem Nichts, aus dem die Landschaft bestand, in die Tom jetzt fuhr. Irgendwo im spanischen Hinterland, das genauso leer schien wie Toms Leben.

Das letzte Schild, das auf eine Unterkunft hindeutete, lag lange zurück. Es führte weit weg von der Hauptstraße in die Berge. Tom wusste, als er die Entscheidung traf abzubiegen, dass sein Treibstoff nicht für den Rückweg reichen würde. *Welchen Sinn sollte es auch haben, zurückzukehren?*, dachte Tom. *In ein Leben, das es so nicht mehr gibt? Welchen Sinn sollte das haben?*, dachte er immer und immer wieder. Hätte sein Vater noch gelebt, er hätte ihm sicher eine Antwort gegeben. Es wäre die Antwort eines Optimisten gewesen, weil nur unerschütterliche Optimisten immer eine Antwort haben. Selbst, wenn das Leben schweigt. *Welchen Sinn hat es?* Bei diesem Gedanken hielt Tom einen Moment inne. War das nicht die zentrale Frage? *Welchen Sinn hat eigentlich das Leben?* Tom hätte seinem Vater so gerne wenigstens noch diese eine Frage gestellt.

Er blickte neben sich auf dem Beifahrersitz. Dort lag alles, was ihm an persönlicher Erinnerung an seinen Vater geblieben war. Es war eine überschaubar große Schachtel, nicht wirklich groß, nicht wirklich klein. Unspektakulär, so wie das Leben seines Vaters. Die Schachtel war geschlossen. Aber Tom hatte ein klares Bild davon vor Augen, was sich in ihr befand.

In der Schachtel lag Toms Herzensstein. So hatte sein Vater ihn immer genannt. Es war ein kleiner grüner Kristall. Tom wusste noch genau, was sein Vater immer zu ihm gesagt hatte. *Er beschützt dich. Wenn er bei dir ist, kann dir nichts passieren.* Toms Vater hatte immer behauptet, der Stein sei ein Splitter aus der *Tabula Smaragdina*. Die Tafel war ein Mythos, auf der, alten Legenden zufolge, das Geheimnis der Weltenseele niedergeschrieben stand. Tom hatte gestaunt und den Stein in Ehren gehalten. Als er älter wurde, war er sich zunehmend sicher, dass es sich eher um eine verwaschene Glasscherbe handelte, die sein Vater einmal am Strand gefunden haben musste. Aber als Kind hatte er an den Zauber geglaubt, und er fühlte, dass immer noch etwas Magisches von diesem Stein ausging. Gerade jetzt, als er an seinen Vater dachte. Es war ein Zauber, der ihn für einen Moment lebendig hielt. Denn sein Vater hatte diese eine Gabe besessen. Er wusste Geschichten über die Welt zu erzählen, und diese Geschichten wurden wahr. *Ich vermisse seine Geschichten. Ich vermisse ihn. Vater konnte dem Leben immer einen Sinn geben,* dachte Tom.

Der Regen war inzwischen dichter geworden, und durch die verwaschene Scheibe seines Wagens erkannte Tom nun in der Ferne die Unterkunft, die das Schild an der Hauptstraße angezeigt hatte. Es war ein großes, altes Holzhaus, das am Fuße eines Waldhanges an einem Berg lag. Von weitem sah es so aus, als wäre es in Gestein geschlagen worden. Aber als Tom sich mit dem Auto näherte, erkannte er, dass ihn der Eindruck täuschte. Das Haus war direkt an einer Felswand gebaut, die aus dem Wald ragte. Glitschige Holzbohlen führten den Weg hinauf. Als Tom aus dem Wagen stieg, fing es langsam an zu stürmen und der Regen verwandelte sich mehr und mehr in ein Unwetter. Von unten hatte das Haus unheimlich ausgesehen. Es hatte düster gewirkt, gerade so, als sei es aus einem anderen Jahrhundert. Aber Tom hatte keine Wahl. Zumindest Licht schien es drinnen zu geben. Triefnass stand er schließlich vor dem etwas windschiefen Eingang. Tom zögerte einen Moment. Dann sah er den merkwürdigen Namen, der über der Tür in das Holz geschnitzt war, und fragte sich, was ihn wohl in diesem Haus erwarten würde.

Über das Buch

Sals Kinder sind verschollen. Einzig der seltsame Fischer Deon scheint mehr darüber zu wissen. Die Suche nach ihnen bringt Sal auf einen Weg, der ihn tief in das Wesen der menschlichen Seele führt. In dem kleinen Fischerdorf Paternoster findet er schließlich sieben Bewohner, denen er helfen muss, um seine Kinder wiederzusehen.

Sal erfährt, was das Leid im Leben verursacht. Aber auch die unterschiedlichsten Formen der Liebe begegnen ihm. Er versteht, warum sich der Lauf der Zeit nicht ändern lässt, und dass Loslassen die einzige Möglichkeit ist, um Frieden zu finden.

Bevor Sal seine Kinder wieder in die Arme schließen kann, muss er das Geheimnis des kleinen Fischerdorfes lüften, in dem Dinge geschehen, die über das Hier und Jetzt hinausgehen.

Über den Autor

Nestor T. Kolees Einstieg in die Welt des Schreibens begann mit einem prägenden Erlebnis an der Küste des kleinen Fischerdorfes Paternoster in Südafrika. In der Folge entstanden „Der Junge, der auf einem Esel ritt“ und „Der Junge im Fluss“.

Mit „Der Junge, der die Bücher schrieb“ erzählt Kolee von der universellen Kraft der Liebe und warum sie uns zu Menschen macht. Seine Geschichten regen Leser weltweit zum Nachdenken an und bringen sie dazu, ihre eigenen Wünsche und Träume wiederzuentdecken.

www.nestorkolee.com

Printed in Poland
by Amazon Fulfillment
Poland Sp. z o.o., Wrocław

18960400R10111